!

!!

!?

Hayama & Onizuka
「居候には逆らえない」

「ほら、そんなに縮こまってやがったら、何もできねぇだろうが」

「う……」

固くなっている葉山に気づいてリラックスさせようと、
鬼塚は耳朶を唇で噛み、歯を立て、優しく舐めた。

（本文P.34より）

Chara

居候には逆らえない

中原一也

キャラ文庫

この作品はフィクションです。
実在の人物・団体・事件などにはいっさい関係ありません。

目次

居候には逆らえない……5
あとがき……248

口絵・本文イラスト／乃一ミクロ

1

きっと殺される。

葉山《はやま》は、目の前の現実に心底怯《おび》えていた。海に沈められるか、もしくは山の中に生き埋めにされるか……。これからヤクザを怒らせるとどんな目に遭うのか、思い知らされるに違いない。

こんな死に方なんてしたくない、と誰もが思うような最期を迎えるだろう。

法を犯すアウトローは、眉《まゆ》一つ動かさず人の命を奪うものだ。

ゲラゲラと笑いながら拉致《らち》した相手をいたぶり、死んでいくさまを眺め、酒を飲む。

絶対に、楽には殺してくれない。とことん恐怖と痛みを味わわせてくれるはずだ。

もしかしたらとんでもないサディストで、嬲《なぶ》り殺しにする相手を常に探していたのかもしれない。落とし前だとかはただの口実で、本当の目的は誰かを痛めつけることだ。

そうだ。そうに違いない。

いったんそんな恐怖に取りつかれると、想像はどんどん拡がっていく。

「おい、にーちゃん。さっきからなんや？　俺の顔になんかついてんのか？　さっさとレジしてくれっちゅーてんのや」

急かされてますます怖くなり、商品を握ったまま硬直してしまう。

(ど、どうしよう……っ、きっと、何をやっても因縁をつけられる)

目の前にいるのは、いかにも『ヤ』のつく職業といった男だ。パンチパーマに、手入れをした細い眉。それに三白眼が加われば、気の弱い者ならできるだけ近づきたくないと思うだろう。しかし、葉山はそれ以上にビクついている。このまま店から引きずり出されるのも、時間の問題だ。

「あ、あの……っ」

「さっきからオドオドしやがって、何度商品落とせば気ぃ済むんかい。俺の顔がそんなに怖いのかっ。ええっ?」

心臓がバクバクと音を立て、手には汗が滲《にじ》んでいた。喉《のど》も渇き、何か言おうとしても上手く言葉にならない。膝も震えてきて、眩暈《めまい》までしてくるではないか。

いったんこうなってはおしまいだ。

「お客様。申し訳ありません。商品はもちろんお取り換えします」

店長がすかさずやってきて葉山の代わりに謝罪をし、深々と頭を下げた。すると、男は意外にもそれ以上は絡んでこようとはせず、怒りをなんとか収めて会計を済ませる。

ここの店長は顔も躰《からだ》も丸っこく、ほっぺたと鼻の頭がいつも紅潮しており、人のよさそうな外見のせいかこういう時の対応を任せると上手い。四十をとうにすぎているが、キャラクター化しやすそうな見てくれをしているのも、怒る気を削がせる要因になっているのだろう。

誰も汗を掻《か》きながら平謝りに謝るアンパンに似た男を、ねちねち苛《いじ》めようとは思わない。

男は葉山を一瞥《いちべつ》してから『仕方ない』とばかりにため息をつき、商品の入った袋を持って店を出ていった。

どうやら『ヤ』のつく職業ではなく、少しガラが悪いだけの一般人だったようだ。

「葉山ぁ。これで今月は何件目だと思ってるんだ？」

「す、すみま……せ……」

パンチパーマの男はすでに店を出たというのに、葉山はまだオドオドしていた。だが、それは先ほどの男を恐れてのことではない。どう見てもアンパンの顔をした正義の味方に対してだった。

もちろん、この店長が怒ると豹変《ひょうへん》するタイプというわけでもなく、葉山も店長がいかに温和な性格をしているのか知っている。しかし、今日こそは愛想を尽かされてしまうのではないかと思うと、こんなふうに萎縮せずにはいられない。

葉山悟《さとる》——現在二十四歳。フリーターで複数のバイトを掛け持ちしている。

男にしては薄い眉に、幅の狭い二重の目。鼻筋はそこそこ通っているが彫りは浅く、全体的にあっさりとした顔をしていた。これと言って特徴のない唇はあまり開くことなく、かと言ってキリリと結ばれているわけでもない。何か言いたくても言えずに、開けたり閉じたりを繰り返すことも少なくはなかった。

顔は小さめで、男らしさという言葉からは程遠く、全体的に影が薄い。決して造りは悪くないのだが、中央で分けた前髪が目にかかっているからか、暗い印象を与えることもあった。

また、身長も百七十をちょっと超えるくらいで、線も細く、食べてもあまり太らない体質のせいか、これまでの人生の中で一度も体重が五十五キロを超えたことはない。しかも、運動が苦手な葉山はいわゆるインドア派で、肌も年中白いため、虚弱体質に見られることも多い。風が吹けば飛ばされそうだと言われたことは、何度もある。

しかし、葉山の本当の特徴は性格のほうにあると言っていい。

葉山は尋常でないほど臆病で気が弱く、誰に対してもこんなふうにオドオドした態度を取ってしまう。他人と目を合わせることが苦手で、コミュニケーション能力は皆無と言っていいだろう。相手が歳下だろうが女性だろうが子供だろうが、同じだ。

そんな態度が他人をイラつかせることもあり、それが逆に葉山をトラブルに巻き込む結果になることも多かった。特に若い不良やガラのよろしくない連中は、葉山の臆病な匂いを感じ取って絡んでくるものだから、その性格に磨きがかかるのも当然と言えた。

また、悪いほうへ悪いほうへと考える性格をしているため、あり得ないほどネガティブな葉山は、自分がいかに人生を転落していくかの妄想をすぐにしてしまう。

もちろん、マゾヒストだとか悲劇の主人公気取りというわけではない。

考えたくなくても、本人の意思とは裏腹に頭の中の妄想がどんどん広がっていくのだ。今も、人相の悪い客を見て、もし何か失敗でもしたら……、と考え、ありとあらゆる不幸な出来事の連鎖を想像し、最後にはなぜか嬲り殺しにされる妄想に取りつかれてしまって一人で怖がっていたのだ。

結果的にそういった態度が客を怒らせてしまうのだが、葉山はいつもこんなだ。ビクビクオドオドしているからこそ他人を不愉快にしてしまうわけであって、堂々としていれば回避できるのに、なかなか実行ができない。

臆病な性格が次々と災難を引き寄せてしまい、ますます不幸な妄想をしてしまう性格になっていくという悪循環に陥っているのが葉山の現状だった。

こんな性格になったのは、葉山の運の悪さが関係しているのかもしれない。

世の中には、なぜかタイミングの悪い奴というのはいる。『よりによって』だとか『どうしてこんな時に』だとかいう時に、起きて欲しくないことが起きたりするタイプだ。

前世の悪行のせいなのか、それともそういう星の下に生まれただけなのか、葉山はまさにその『タイミングの悪い奴』の典型だった。しかも、その悪さが普通でないとくれば、もともとの気の弱さに拍車がかかってもおかしくないだろう。

子供の頃からの運の悪さを挙げれば、キリがない。

お遊戯会で主役に抜擢《ばってき》された時は、前日に腹を壊して出られなかった。また、得意だった図画工作の授業で描いたコンクール用の絵を持って帰って仕上げをしていた時は、ちょっと目を離した隙に野良猫が部屋に入り込んできたらしく、絵具のたっぷり溶けたバケツをひっくり返されて台無しになった。

そんな運の悪さは中学に上がっても加速するばかりで、試験前日、授業のノートが入った鞄《かばん》を盗られてしまい、勉強ができなかったなんてこともあった。鞄は帰ってきたが、試験が全部終わったあとだということは言うまでもない。

そして極めつきが、大学受験の時に起こったできごとだ。

滑り止めと度胸をつけるために受けることにした地元の大学の入試当日。今日こそ失敗はすまいと、何度も筆記用具などの持ち物をチェックして出かけたのだが、玄関先のタイルが凍っていたらしく、足を取られて派手に転んでしまった。朝っぱらから縁起が悪いと思い、細心の注意を払って会場まで行ったはいいが、転んだ弾みで鞄の中から受験票が落ちていたのだ。

それに気づいた兄が携帯に連絡を入れてくれたが、時すでに遅しで、試験を受けることすらできなかった。家に帰ると兄が拾ってくれた受験票がヨレヨレの姿でキッチンのテーブルの上に置いてある。合格間違いなしと言われていただけあり、それを見た時はなんとも言えない気持ちになった。

本人が注意を払っていれば回避できることも多いが、それにしても『なぜここで……』と言いたくなるタイミングで失敗をしたりトラブルに巻き込まれたりしてしまうのだ。

おかげですっかり萎縮してしまい、こんな性格になってしまったというわけである。

「怒ってないから、そんなに怯えるなよ～。俺がバイトの子を苛めてるみたいだろう」

「す、すみ……ま、……せん……」

葉山は、涙目になって謝った。店内の女性客が二人を見て、眉をひそめている。それを見た葉山は、自分のせいで優しい店長が悪人扱いされると焦り、オロオロするばかりだ。

「もういいよ。裏の倉庫の整理を手伝ってきて」

「は、はい」

急いで裏の倉庫に行き、ホッと胸を撫《な》で下ろした。倉庫なら他人の目はないため、気分を落ち着かせるのにいい。接客よりも、こちらでの仕事のほうが性に合う。

「葉山ぁ。また客に絡まれたの？」

店内の様子に気づいてずっと気にしていたのだろう。倉庫に入った葉山のもとへ、アルバイトの高校生が呆《あき》れ顔でやってきた。この岡田《おかだ》は茶髪でピアスもしているが、特に不良というわけでもなく、葉山を苛めたりもしない。口は悪いが、極端に気弱な葉山でも、比較的楽に話すことができる。

「ご、ごめん」

「ビクビクしてっから絡まれるんじゃん。なんでそう気が小せぇんだ？」

「ごめん……」

　謝ってばかりだからか、岡田はわざと脱力したジェスチャーをしてみせた。

「じゃあ、俺こっちやるから葉山はドリンク補充して。お前は接客で俺らの足引っ張ってんだから、裏方で役に立てよ～」

「そんなふうに言わなくていいじゃん。気が弱いんだから。葉山はできないなりに、いつも一生懸命頑張ってるじゃん。そういう真面目なところは見習ったら？」

　横から口を出してきたのは、十分前に出勤してきたばかりのアルバイトの女の子だ。彼女は金丸《かなまる》といい、アルバイト歴が一番長く、岡田といつも喧嘩ばかりしている。艶《つや》やかな肩までの黒髪をいつもうなじのところで一つに結んでおり、清潔感があって顔立ちも美人だ。

　気が強いが、葉山には優しいごくごく普通の女子高生である。

「なんだお前。またこいつを庇《かば》うのか？」

「お前って言わないでよ。それにね、できるできないより、やろうとする姿勢のほうが大事なの。要領悪いのは仕方ないんだし、葉山を苛めんなって言ってんの！」

「苛めてねーだろう。葉山のためを思って言ってるんだよ。こんなんだから社会に出ても上手くやっていけないんじゃんか。二十四にもなってフリーターなんて、親は泣いてるぞ」

　まさかピアスをした高校生に、フリーターであることを責められるなんて思っていなかった。

だが、この少年は本気で葉山を心配しているのだ。

「フリーターで喰い繋《つな》げるのは、若いうちだけだって。歳取ったらどーすんの？　年金貰《もら》えんの？　健康保険は？」

「えっと……あの……それは……っ」

　何か言おうとしても、問いつめられると言葉にならない。すると、葉山の代わりに金丸が応戦を始める。

「葉山の実家は老舗《しにせ》旅館だから、喰いっぱぐれないんだよ～」

「知ってるよ。だけどなおさら駄目だろ。ただの脛齧《すねかじ》りじゃん。葉山の代で潰《つぶ》れるぞ」

「そんなにつらく当たらないでやりなよ！」

「だから、葉山のためを思って言ってるんだって！　葉山んちの旅館が潰れてもいいのか？　こいつの代で絶対潰れるぞ」

「潰れないわよ！　何度も潰れる潰れるって言うと本当に潰れるでしょ！」

　喧嘩を始めた二人を見て、葉山はさらに慌てふためいた。

　葉山の実家が老舗旅館というのは本当だが、兄の忠《ただし》が後を継ぐことになっているため、今さら実家で世話になろうとは思っていない。不況続きで客足が遠のいていたが、忠が経営の根本から見直し、集客の見込めるプランを次々と企画して一から建て直し、守《も》り立てた。

　葉山のことをいつも気にかけてくれるような兄で、臆病者の葉山を心配してくれている。大学受験の時も就職活動中も、進路に迷う弟の相談に乗ってくれ、会社を辞めた時もこのまま逃げるように帰ってきてはいけないと、自立を促してくれた。

だから、こうして一人で頑張っている。

中途半端に戻り、オイシイところだけ摘ませてもらおうなんて思っちゃいない。

それを説明しようとしても、言い合いをする二人の中に割って入ることができず、二人を交互に見ながら口をパクパクさせていることしかできなかった。「あの」「その」「えっと」の繰り返しで、それ以外の言葉が出ない。まるで壊れた人形だ。

「けけけ喧嘩、しない、で……。ごめん、俺が……悪いのに……っ」

なんとかそれだけ口にすると、二人は葉山の焦りように気づいていったん喧嘩を中断した。そして一人で目をグルグルさせている歳上の男に注目したあと再び顔を見合わせ、プッと吹き出す。

「も～。葉山のために喧嘩なんて馬鹿馬鹿しくなってきた」

「そうだな。葉山の気の弱さは病気だから、俺らがフォローしてやればいいんだし。葉山みたいなタイプって、案外みんなにフォローされながら世の中渡っていくのかもな」

「そうかも～」

二人は自分の仕事にかかり、残された葉山は一人胸を撫で下ろす。

こうして小さな喧嘩は、今日もなんなく治まったのだった。

アルバイトを終えた葉山は、一人家路に向かっていた。

「はぁ……」

ため息をつき、夜道を歩く。

今日は朝アパートを出て出勤する時に朝帰りの若者一団に絡まれ、店の周りを掃除している時に犬に吠えられ、ヤクザのような見てくれの男に文句を言われた。

しかし、これでもまだマシなほうだ。胸倉を摑《つか》まれたり殴られたりなど、直接的な暴力を受けることもよくある。

（疲れた……）

気疲れしすぎてぐったりした葉山は、自分はどうしてこうなんだろうと思わずにはいられなかった。いつも何かあるのではと気負っているせいか、一日が終わる頃にはくたくたに疲れている。

どうしてみんなは、そんなに楽観的な生き方ができるのだろうと思う。突然の不幸や事故などに遭遇したらなんて考えないのだろうかと、不思議でならないのだ。

普通の人から言わせれば、葉山のほうが『なぜお前はそんなにネガティブなんだ』といったところだが……。

「明日は月曜か。今日は早く寝ないと」

葉山は手帳を取り出して予定を確認し、一人ポツリと呟《つぶや》いた。

月曜から金曜の午前十一時から午後七時半までは、エノキ工場での雑用仕事をしている。年がら年中空調の効いた場所は真夏でも寒くて、長時間中で作業するのはなかなか大変だ。作業着の下は、一年中長袖のシャツを着ている。

温度や湿度の管理をしてエノキを育てるのは社員で、アルバイトの人間は黙々と作業をこなすようなものがほとんどだ。機械の傍で培地《ばいち》の入ったトレーを運んだり、エノキが広がらないよう専用のキャップを装着したり、またそれを外したりなど、単純作業ばかりで性に合っている。もちろん工場の職員とのコミュニケーションは必要だが、相手が客ではないというだけで、多少緊張も和らぐというものだ。

不定期で入る夜の交通整理も、仕事さえきっちりしていれば必要以上に他人と会話を交わさずに済むから続いている。

(どうして俺は、こんなに他人と上手くつき合えないんだろう)

このままでは、恋人どころか友達すらできないまま時が過ぎてしまう。なんとか自分を変えなければと思うが、二十四年間積み重なってきたものは、そう簡単に拭《ぬぐ》えない。

その時、道路の隅に置いてあるゴミステーションのゴミが、ガサッと音を立てた。

「――っ！」

ビクッとなり、葉山はそちらを見た。すると、ゴミ袋の中に人の頭とおぼしきものが見えるではないか。暗がりの中で見る人の髪の毛とは、不気味なものだ。

他人が苦手な葉山だが、実は幽霊もかなり怖い。死んだ人間が肉体が滅びてもあちらこちらを浮遊しているなんて、考えただけで恐ろしくて心臓がバクバクしてくる。

江戸時代に切り捨てられた武士の亡霊か、はたまた戦時中に亡くなった兵士の霊か、それとも自ら命を絶った長い黒髪の幸薄き女性の霊か。

妄想が広がってきて、恐怖が膨れ上がってくる。

「う……、誰、か……、みず……くれ……」

聞こえたのは、男の呻《うめ》き声だった。しかも、よく見るとゴミ袋の山の中にいる男には、ちゃんと足がついている。躰も透けておらず、どうやら幽霊ではないとわかる。

それでも、怖いのは同じだ。

そもそも真夏の暑い時期にゴミ袋の山の中に埋もれていること自体、普通ではない。何か事情を抱えていなければ、あんなことにはならないはずだ。

もし、追われている人間だとしたら、葉山もとばっちりを受けるかもしれない。

こんなところで何をしているのだろうという思いもあったが、葉山の好奇心などあってないようなもので、そんな小さな疑問を明らかにすることよりも身の安全を優先してしまう。

(に、逃げよう……)

怖いことに関わるのは勘弁とばかりに、足早にその場を立ち去ることにした。気づかなかったふりをして、アパートに帰るのが一番だと……。

しかし、そうは問屋が卸さない。

「おい」

「──っ！」

ゴミ袋の山の中の男が、葉山に話しかけてきた。

「……人が、生き倒れ……てんのに……見捨てるのか？」

葉山が恐る恐る振り返ると、男が自分を睨《にら》んでいるのが見える。

ゴミ袋の間から覗《のぞ》く目は鋭く、髪の毛はぼさぼさで、浅黒く日焼けした肌は野生の獣を想像させた。近づけば、すぐに大きくて真っ赤な口を開け、頭から葉山をバリバリと食べてしまいそうだ。

動けないとわかっていても、怖い。

(き、気づかれた……っ)

ここからが、葉山が普通の人と違うところだ。いけないいけないと思いながらも、自分が転落人生を歩む妄想を広げてしまう。

このまま男の前から、すたこらさっさと立ち去ったらどうなるのか──。

たとえここで逃げられたとしても、神様の悪戯《いたずら》のような偶然が起きないとは限らない。

そう、例えば偶然車に乗った不良が窓から半分ほど残ったミネラルウォーターのペットボトルを捨てたとする。葉山に言わせると、もちろんそれは狙ったかのように男の下へ転がっていき、まるで極楽から垂らされた蜘蛛の糸のように、男を地獄の底から救い上げてしまうのだ。

犍陀多《カンダタ》が摑んだ蜘蛛《くも》の糸は助かる寸前に切れてしまったが、そんなことは起きない。水を手にした男はそれを一気に飲み干し、まんまと自分で立って歩けるほどに回復してしまう。

まさに恐怖の瞬間だ。

その映像が脳裏に蘇《よみがえ》り、一人青ざめた。ゾンビのようにゆらりと立ち上がる姿を想像してしまったのだ。これほど恐ろしい光景はない。

そして、男は瀕死の状態で助けを求めた男を見捨てて逃げていった葉山を思い出してこう言う――さっきの野郎、俺を見捨てやがって。

男の声が本当に聞こえた気がして、ぶるっと躰を震わせた。

だが、それだけでは終わらない。

葉山がすでに姿を消してどこへ行ったのかわからなくなっていても、人生には偶然が重なることはいくらでもある。しかも、葉山は他人に比べて運が悪いのだ。なぜこんなタイミングでと思いたくなるようなことを、これまで何度も経験してきた。

そのことを踏まえると、とりあえず歩き出した男が空腹のあまり動けなくなり、座り込んだ場所が葉山のアパートの裏の空き地だったなんて偶然が起きてもおかしくはなかった。おまけに、干した洗濯物を取り込もうと葉山が窓から顔を出しているところを目にする可能性だって十分にある。

二度ある不運は三度目も必ず訪れるというのが、葉山の考え方だった。

ここまで来ると、葉山の不幸妄想は止まるどころか加速してしまう。

葉山のアパートの場所を突き止めた男が、なんとヤクザだったというシナリオを描き始めてしまい、さらなる展開を考えてしまうのだ。

瀕死のヤクザを見捨てて逃げた葉山に対する、復讐劇の始まりである。

それは、なんとか舎弟に連絡を取って迎えに来させた男が、葉山のもとへ舎弟たちを送り込んで無理やり借金を背負わせるというものだ。

個人情報を買い取ったヤクザが、口座に勝手に金を振り込んで金を借りたことにし、高額の金利を取る『押し貸し』というものが存在すると聞いたことがある。もちろん一方的に振り込んだだけで貸借契約が成り立つわけがなく、出るところに出れば無効にできるのだが、意外にこの手の詐欺に引っ掛かる者も少なくない。

恫喝《どうかつ》され、身の危険を感じるあまり法外な金利を払ってしまうパターンはいくらでも転がっている。葉山なら、優しく返済を求められただけで払ってしまうだろう。

五十万が倍の百万になるのはあっという間で、雪だるま式に借金は増えていき、なんとかせねばと思った頃には、実家を頼っても払いきれない金額になっている。

身ぐるみ剝がされて終わればまだいいが、骨までしゃぶり尽くすヤクザが次に出る手段と言えば、借金のカタにマグロ漁船に放り込むことである。

屈強な男どもが集まるマグロ漁船の仕事は過酷で、強面《こわもて》のオヤジどもにコキ使われ、下手すれば夜のお相手までさせられ、散々利用される。そして、使いものにならなくなれば、あとは人喰いザメがうようよ泳いでいる海へ生きたまま放り込まれるだけだ。

そこまで妄想した葉山は、震える声で言った。

「ママ、マグロ漁船、なんて……嫌だ……っ」

恐る恐るゴミ袋の山を見ると、男はまだ葉山を睨んでいる。本当はただ助けを求めているだけだが、葉山にはそう見えないのだから仕方がない。

「おい、……頼む、……せめて、水……くれ」

手を伸ばしてくる男を見てゴクリと唾《つば》を飲み、自分の取るべき行動はなんなのか冷静に考えようと必死で深呼吸をする。

この辺りには自動販売機はなく、助けるなら自分のアパートへ連れていくしかない。

そう思った葉山は、恐る恐る男に近づいていき、ゴミ袋を搔き分けるようにして、男をゴミ袋の山の中から引きずり出した。

（う、臭い……）

生ゴミだろう。積み上げられた袋のどれかから妙な色をした汁が滴り落ちており、強烈な臭いを放っている。ここ数日ずっと暑かったせいで、すごい臭いになっており、蝿《はえ》も何匹か飛んでいた。

もちろん、ゴミの中に埋もれていた男の衣服も、その汁を存分に吸っている。

さすがに密着したくない葉山は、別のゴミ袋の中からほとんど汚れていないレジャーシートを引きずり出してきて、それをマントのように羽織ってから男を背負った。

（お、重い……）

腰を低くしてなんとか背負ったはいいが、葉山にはかなりの重労働だ。

「水……」

「ないんです。今、アパートに連れていくので、水は……少し、待ってください」

男はよほど喉が渇いているのか、それきり何も言わなくなり、葉山は黙々と足を動かしてアパートに向かった。泣きたい気分になり、時折ぐすっと鼻を鳴らす。

重いし、臭いし、怖い。

しかも、時折蝿が耳元を飛ぶものだから、ブンブンと聞こえてきて気持ちが悪かった。おまけに時々葉山の顔にも止まっていく。

（うう……）

一度関わってしまったのが運の尽きだ。マグロ漁船に乗せられないよう、せめて男が自分に感謝したくなる程度には世話をしなければと、必死で足を前に出す。

アパートにたどり着いた葉山は、階段を登っていき、男を部屋に押し込むようにして入れると台所に水を汲みに行った。

そして、男の口許へ一滴垂らしてやる。

すると瀕死の状態だった男は、空ろな目を開け、葉山の手からコップを奪って一気に飲み干した。少し回復したようで、今度は自分で立ち上がり水道の水を汲んでまた一気に飲み干す。

改めて見ると、男はひどい有様だった。

衣服はボロボロで、ジーンズはところどころ破れている。髪の毛には泥のようなものが付着しており、べたべたした得体の知れないものも付いていた。

日焼けしているのに加え、汚れているせいで顔は真っ黒だ。日本語のイントネーションはおかしくないので間違いなく日本人だろうが、どう見てもホームレスだ。いや、もしかしたらその辺のホームレスのほうが綺麗にしているかもしれない。

(早く、帰ってくれないかな)

そう思いながら男を観察していると、四杯目の水を飲み干した男が満足してコップをシンクに置いた。これでようやく解放されると思ったが、それを打ち消すかのごとく男の腹がすごい音を立てる。

「おい、なんか喰うもんあるか？」

「え……っ」

「喰うもんはあるかと聞いてるんだ」

まさか食事もしていくのだろうかと思ったが、どう見てもそのつもりなのは間違いない。

「あの……今ないんで、とりあえずシャワーでも浴びていてもらえますか？　その間に……用意しますんで」

「風呂も使っていいのか。悪いな。じゃあ遠慮なく使わせてもらうぞ」

男はそう言って、衣服を脱ぎながら風呂場に向かった。

咄嗟《とっさ》に言ってしまったとはいえ、帰ってもらうつもりが食事の世話まですることになり、やはりこれは転落人生の始まりではないかという思いが脳裏をよぎる。

一人になってもしばらくそうしていたがハッとなり、汚れた部屋を綺麗に掃除して脱ぎ捨てられた衣服を洗濯機に放り込み、冷蔵庫にあるもので料理を始めた。

ここで男に満足してもらえなければ、本当に自分の妄想通りのことが起きるかもしれない。

少ないと怒られるかもしれないと思い、レタスチャーハンと卵スープを多めに作り、昨日の夕飯の残りもののから揚げを温めてテーブルに並べた。これだけで大丈夫かと思ったが、念のため豚肉とともに野菜室に眠っていたキャベツとニンジンを使い、市販のタレで回鍋肉《ホイコーロー》を作り始める。

「痛っ」

もともと不器用なうえ急いでいたため、包丁で指は切るわ、フライパンの縁で火傷《やけど》はするわで大変だったが、なんとか作り終える。これで少しは豪勢になっただろうかと、ちゃぶ台の前に座って、ところ狭しと並んだ料理を眺めた。

「あー、すっきりした」

男が部屋に入ってくる足音がし、心臓が大きく跳ねる。そして、満足してもらえるだろうかとドキドキしながら、ゆっくりと振り返った。

「あ……」

葉山はポカンと口を開けたまま、しばらく動けなかった。

腰にバスタオルを一枚巻いた格好で立っている男に、思わず見惚《みと》れてしまっていたのだ。

年齢は四十前後だろう。男盛りという言葉が似合う偉丈夫だった。肉体労働でもしていたのか、鍛え上げられた肉体は芸術的ですらあり、学生の頃に美術室で見た彫刻と似ていると思った。逆三角形の躰は胸板が厚く、腹筋も見事に割れている。リーチの長い腕も人間の躰の構造が容易に想像できるほど、美しい筋肉の流線が浮き上がっていた。

そして、汚れてよくわからなかった顔立ちも、今ははっきりとわかる。

意志の強そうな眉と眼光の鋭い二重の目。男らしい鼻梁《びりょう》と厚めの唇。同じ日本人でも沖縄《おきなわ》など南のほうの出身だろうという、はっきりした顔立ちだ。

さらに顎《あご》のラインの男らしいことといったら……。

葉山と違い、無精ひげの生えた顎からもみ上げに向かっての骨格は、男臭さが集約されていて、きっとその辺りからフェロモンを出しているのだと思わされた。

もしかしたら葉山が知らないだけで、格闘家なのかもしれない。もしくは、人気のある肉食系の俳優なんて可能性もある。

「どうした？　飯はできたのか？」

「は、はい……」

男の言葉に、葉山はまるで尽くす女のように素直に返事をした。

男がすごい勢いでチャーハンを掻き込んでいくのを、葉山はただただ呆然《ぼうぜん》と見ていた。

多めに作ったが、あっという間になくなっていく。

（すごい……）

風呂に入って綺麗さっぱり汚れを落としてきた男は、何度見ても見違えるほどの男前だった。

野性的で、チャーハンをがつがつと掻き込んでいく仕草すら、魅力を感じる。

「なんだ？」

「あ、いえ……っ、な、なんでも……、ありません」

ジロジロ見ていたことに気づき、少し離れたところに正座をしていた葉山は、慌てて目を逸らした。しかし、怒られてしまうとわかっていながら、また見てしまう。

見たくなる魅力があるのだ。特に葉山のように虚弱体質に見られがちの男は、憧れの視線を向けずにはいられない。

「そういや、俺が着るもんはあるか？」

「えっ、あの……今、洗濯をして、いるので……。お、俺のは……小さくて、入らない、と思います」

そう言うと、男は口いっぱいに頬張ったチャーハンを咀嚼《そしゃく》しながら、葉山の躰をじっと眺め始めた。これほど美しい肉体を持つ男に、自分の貧相な躰を見られるのは恥ずかしくてならない。服を着ていてもその差は歴然で、顔を赤くする。

しかし、さして深い意味はなかったようで、男は「そうか」と言って、また食事を続けた。

レンゲまで喰らいそうなほど、勢いのある食べっぷりだ。

だが、それがよかった。こんな野性的な外見をした男がお上品にちまちま飯粒を口に運んでいるのを見たら、落胆するだろう、唇が厚いせいか、食べる姿が妙にセクシーに見えてきて、まるで自分が喰われているような錯覚を覚えた。

喉笛に嚙《か》みつき、滴る血を舌で舐《な》め取り、すする。その光景は次第にセクシーなものへと変わっていき、ベッドの中でのことに繋がっていった。

きっと、この男は物を喰らうように女も喰らうだろう。もしかしたら、男も喰らうかもしれない。

ふとそんなことが脳裏をよぎり、葉山は自分の思考が信じられなかった。

他人の食事風景を見て、セックス事情まで想像してしまうなんてどうかしている。なぜそう思ってしまったのかは、わからない。こんなことは初めてだ。

「お前、名前は？」

いきなり声をかけられ、慌てて答えた。

「は、は、葉山、です。あの……あなたは？」

「鬼塚《おにづか》だよ。鬼塚半蔵《はんぞう》だ」

鬼塚は料理を平らげると、ちゃぶ台を少しずらして横になる。まるで自分の家にいるように、肘《ひじ》をついて頭を乗せてくつろぎ始めた。

「あ～、喰った喰った。お前、料理上手いな」

「そ、そうですか」

「ああ。もう下げていいぞ」

言われた通り空になった皿を片づけて再び部屋に戻ると、男はテレビをつけて野球中継を見ている。満足したようだ。これでもう、マグロ漁船に乗せられることはない。

「あの……」

「なんだ？」

「いえ。なんでも……」

ここで『お引き取りください』と言えないのが葉山だ。

もう、十分親切はしたはずだ。水も飲ませたし、風呂も貸した。おまけに料理も作って腹も満たされている。それなのに、一向に出ていく気配がない。それどころか、完全にくつろぐ体勢に入るなんて想定外だ。

お泊まりの可能性を考えてしまい、葉山は青ざめた。そして、ここでようやく気がつく。

汚れた服が、まだ洗濯機の中で回っていることに……。

（そんなの、困る……っ）

今日会ったばかりの男を部屋に泊めるなんて、とんでもないことだ。

「あの……コンビニで、服を買ってきます。Tシャツと短パンくらいは……」

「服が乾くまでこれでいいぞ」

「う……、ぐ……」

葉山のほうがよくないのだが、それは言葉にならない。

帰る気になってくれないかと必死で願った。しかし、気弱な男がいくら念じても、それは届かない。このままでは埒《らち》が明かないと、勇気を振り絞って野球中継を見ている鬼塚の後ろに正座をし、タイミングを見計らう。

言おうとしては口を噤《つぐ》み、散々悩んだ挙げ句にもう一度勇気を出して口を開きかけるが、また怖くなって黙り込んでしまうの繰り返しだ。

傍《はた》から見れば、挙動不審以外の何物でもない。

「なんだ？」

「——っ！」

気配で葉山が何か言おうとしているのがわかったのだろう。鬼塚が寝そべったまま振り返り、短く言った。恫喝されたわけでも不機嫌な態度をとられたわけでもないのに、鼓動がどんどん速くなっていく。

「なんか用なのか？」

「あ、いえ……」

目を合わせることができず、正座をしたまま膝の上で拳をぎゅっと握って視線を畳に落とす。

日焼けして色褪《あ》せた畳はところどころささくれており、タバコで焦がしたような跡もある。

それを凝視するが、鬼塚が自分を見ているのはわかった。鋭い眼光が、自分を射抜いているのを感じる。

思いきって視線を上げると目が合い、慌ててまた畳に視線を移した。

（ど、どうしよう……）

今が帰るよう言うべき絶好の機会だというのに、声にならなかった。何度も自分を奮い立たせるが、時間を追うごとに勇気はしぼんでいく。

「あの……、もう……」

「もしかして、お前ホモか?」

「え……っ!」

あまりに驚きすぎて、それ以上声が出なかった。

いきなりホモかと直球な聞き方をされ、頭の中は真っ白だ。もちろん、一度たりとも同性に恋愛感情など抱いたことはない。この性格のせいで女性との経験はほとんどないと言っていいが、自分がゲイではないのは確かだ。

まったくの見当違いだというのに、葉山はゴクリと唾を呑み込んで硬直していることしかできなかった。そんな態度が誤解されたようで、鬼塚は納得したような顔をする。

「そうだったか。どうりでさっきからやたら俺の躰をねちねち見てやがると思ったんだよ」

「ち、……っ、……あの」

「違うのか?」

「いえ、……あの……そんなこと……っ」

正直者は馬鹿を見る。

この場面で「見ていた」なんて白状する必要はないのに、葉山は正直に答えてしまっていた。

しかも、鬼塚は「ホモか？」という質問ごと肯定したと取ってしまったようで、納得する。

「お前には世話になったからな。手持ちがねぇからどうしようかと思ってたんだが、躰で返してやる」

「え、いや……でも……」

「俺は好みじゃないか？」

「そそそ、そんなこと……、ないです……っ、すごく……格好、いい……です」

ここでも葉山は、馬鹿正直に答えていた。否定すると魅力的な男でないと言っているようだからだが、本当はそれでいい。嘘でもそう答えるべきだ。

いちいち他人がどう思うか、顔色を窺《うかが》って答えるからこんな窮地に立たされる。

「だったら、よくしてやるよ」

「あの……でも……、ちが……、俺は……、そんな……つもり……、――ぁ……っ」

畳の上に押し倒された葉山は、小さく喘《あえ》いだ。

「大丈夫だ。野郎の一人や二人、経験はある」

「！」

耳元で聞かされた告白に、心臓がトクンとなる。そして、首筋に顔を埋められた途端、微《かす》かな体臭が鼻を掠《かす》めた。

（うわ……っ）

拾ってきた時は生ゴミにまみれて強烈な異臭を放っていたが、今は微かな石鹸《せっけん》の匂いの奥に鬼塚が持つ体臭がある。

それは、嫌なものではなかった。

人が持つ、独特の匂い。鬼塚のそれは、太陽の匂いに似ていた。日焼けした肌の匂いと言ったほうがいいのか。健康的なようで、どこか淫猥《いんわい》な匂いがする。

盛り上がった筋肉に汗が滲んでいるところを、想像せずにはいられない。

「ほら、そんなに縮こまってやがったら、何もできねぇだろうが」

「う……」

固くなっている葉山に気づいてリラックスさせようと、鬼塚は耳朶《みみたぶ》を唇で噛み、歯を立て、優しく舐めた。微かな息遣いと唾液の音をすぐ傍で聞かされ、ぞくぞくとしたものが背中を這《は》い上がっていく。

「はぁ……っ、……ぁ……、あの……っ」

「ん？　この手はどうした？　さっきはこの傷なかったよな」

「……っ、あの……、これは……、……ぁ……」

「料理の最中に怪我したか？　そりゃ悪かったな。飯、旨かったぞ。今度はお前を美味しく喰ってやる」

その言葉に眩暈を覚え、同時に鬼塚の体臭が微かに増した気がした。それは、葉山の奥に眠るものを呼び起こしてしまう。

　ほとんど童貞と言っていいほど経験は少なく、他人と肌を合わせる悦びとは縁遠いが、葉山にもそれなりに性欲はある。感じれば声はあがるし、中心に触れられれば勃起《ぼっき》する。

「だけどお前、どこかで見たことあるな」

　耳元で言われ、葉山は鬼塚を見た。

（何……？）

　聞き返そうとするが、そうする前に再び質問を投げかけられる。

「なんて名前だ？」

　先ほど名乗ったばかりだというのに、不思議に思いながらも深く考える余裕などなかった。ましてや、覚えていないのかと聞き返すどころの話ではなく、ただ自分の名前を口にする。

「……葉山」

「違う、下の名前だよ」

「さ、悟」

「悟？」

　鬼塚の動きが一瞬止まったが、目が合うと優しい笑みを注がれた。

「そうか。葉山、悟、か。いい名前だ」

「あ、あ……、待……っ」

いきなりズボンをくつろげられたかと思うと、中心を口に含まれる。

（あ、嘘……っ）

口で愛撫《あいぶ》されたことなどこれまでになく、葉山は信じられない快楽に戸惑わずにはいられなかった。まるで生き物のごとく、舌は中心に巻きつくようにして全体をやんわりと刺激して葉山を困惑させる。

「あ、……や……、鬼塚、さ……、やめ……」

慌てて後退ろうとするが、鬼塚は止めようとはしない。舌でゆっくりと裏すじを舐め上げ、くびれを刺激する。

それだけでも、葉山をイかせるのには十分だった。

「あっ、あ、ああ、……っく、……ごめ……な、……さ……っ」

葉山は我慢できずに、下半身を震わせて射精した。あまりにあっけなく、二十四にもなってこんなに簡単にイッてしまったことがとてつもなく恥ずかしかった。

これでは、まるで中学生だ。

「なんだ、早いな。そんなによかったか？」

なんの躊躇《ちゅうちょ》もなくそれを呑み込んでしまった鬼塚を見て、驚かずにはいられなかった。どうしてそんなことができるのかと思う。それとも経験豊富な男にとっては、今日会ったばかりの男の精液を呑むなど、取るに足らないことなのだろうか。

何から何まで葉山の常識を覆《くつがえ》す男に、戸惑わずにはいられない。

「まだ、してやるよ」

言いながら鬼塚は、腰に巻いていたバスタオルを取り、畳の上に放った。

鬼塚の中心は男らしく勃起しており、自分との違いに圧倒される。葉山が特別小さいのではない。鬼塚のが立派なのだ。まるで十代の若者のように鋭角に勃《た》ち上がり、衰えをまったく感じさせなかった。かといって経験の少ない若者のものとは違い、歳相応に色素の沈着が見られる。

それは、経験の多さを感じさせるものでもあった。

同じ男なのに、己の強さを誇示するかのように雄々しく勃ち上がらせている鬼塚は、自分とはまったく別の生き物のように見えた。

「ちょっと待ってろ」

取り残された葉山は、テレビがつけっぱなしだったことに気づいた。どうしたらいいのかわからずリモコンに手を伸ばすが、戻ってきた鬼塚にそれを奪われる。

「つけといたほうがいいぞ」

ニヤリと笑い、鬼塚はリモコンを離れたところへ放った。

なぜそんなふうに言うのかわからず、鬼塚を見上げるが、そんな疑問もすぐに消えてなくなった。その手に握られていた物が、シンクの下に置いてあったサラダ油のボトルだったからだ。

それを見て、何に使うのかわからないと言うほど初心《うぶ》ではない。ただ、そんなものを潤滑剤にするのが信じられないだけだ。

「ほら、犬みてぇな格好をしてみろ」

ここでもまた、葉山は素直に鬼塚に従った。すると、鬼塚はその背後で膝立ちになり、サラダ油を塗った手で蕾《つぼみ》を探り始める。

「……っ」

軽くマッサージされ、息が次第に上がってきた葉山は、唇を嚙んで声を殺すことしかできなかった。くすぐったいような感覚に見舞われるが、それはすぐに快楽へと変わり、虜になってしまう。

「んぁ、ぁあ、あ、あ、ああっ」

犬のように這い蹲《つくば》り、畳にひれ伏すような格好で高々と尻をあげた。ぬるぬると這い回る指は、いとも簡単に奥から淫乱な部分を引きずり出してしまう。

「っく、……う……っ、……ぁ……っ！　あ」

「挿《い》れるぞ」

言うなり、熱とも痛みとも取れぬものを感じた。強いて言うなら、異物感だろうか。指が、襞《ひだ》を掻き分けて入ってくるのがわかる。

「あ！　んぁあっ、ああ、あっ！」

少しずつ入ってきては出ていき、次に侵入してくる時はさらに奥へと入ってきて、また出ていった。繰り返されているうちに、葉山はそれが奥深く挿入されることを望んでいた。

鬼塚はそれを見抜いているように、指の根元まで納めてしまう。そして、一度入ると今度は大胆に中を掻き回し始めた。

「んぁあ！」

テレビを消そうとしたのを止めたわけが、今わかった。葉山の住んでいる安アパートは壁が薄い。こんなふうに声をあげれば、隣の部屋に聞こえてしまう。

完全には消せないだろうが、それでも何もないよりいい。

「あああ、ん、……んぁ、はぁっ、あっ、……んあぁぁ」

指で巧みに中を掻き回され、疼《うず》くところを擦られた。奥のほうに、弱い部分がある。そこを刺激されると中心に血液が集まり、腰砕けになってトロトロに蕩《とろ》けてしまう。

「よくなってきたか？」

「ふ……、……っく、……んぁ、……あぁ」

「今、もっと太いモンを挿れてやる」

指が引き抜かれたかと思うと屹立《きつりつ》をあてがわれ、葉山は身を固くした。

「や……っ、……待……っ」

逃げたが、腰を摑まれて強引に引き戻され、容赦なく貫かれてしまう。

「や、あ、――ぁぁあああ……っ！」

熱に引き裂かれているようだった。後ろが熱くて、感覚がない。

だが、確実に嵩《かさ》のある熱の塊が自分の中にいるのがわかった。それはドク、ドク、と脈動しており、時折ズクリとなっては葉山を翻弄《ほんろう》している。自分がギチギチに広げられているのもわかっているため、壊れてしまうのではという恐怖に身を竦《すく》ませた。

しかし、それ以上に強く主張するものがある。

それは紛れもなく、快感だ。

「ぁあ、……はぁ……、あぁ、……ぁあっ」

「いいか？」

「や、ぁ……、助け……、たす……け……、……ぁ……っ」

無意識に何かを摑もうとしたが、上から手を握られ、指と指を絡ませられる。葉山のとは違い、鬼塚の手は大きく、ゴツゴツしていて指も太かった。二人の差は歴然だ。

「こっからが、本番だぞ」

耳元で囁《ささや》かれたかと思うと両手を摑まれ、押さえつけられるような格好で甘く攻め立てられる。ゆっくりと引きずり出してはまたやんわりと奥まで貫く鬼塚に、葉山は戸惑いながらも、自分の中に眠る獣を少しずつさらけ出していった。

「や……、あぁ……、んぁっ、……っく、……はぁ……っ」

次第に繋がった部分は、いやらしく収縮を始め、そこはまるで男を受け入れる器官であるかのようにほぐれていく。

「はぁ、鬼塚さん、……んぁ、……ど、……して、鬼塚、さ……」

「悟」

葉山は涙目になって、規則的に並んでいる畳の目を見ていた。何も考えられず、ただ注がれる愉悦を貪《むさぼ》ることしかできない。どうして自分がこんなに浅ましく男を喰らっているのだろうと思うが、そこは貪欲《どんよく》に鬼塚をしゃぶり尽くそうとしている。

サラダ油のせいか、時折、濡れた音が聞こえてくるのもいけない。悦びに噎《む》せながら鬼塚を喰らっているようで、自分の浅ましさを露呈させられた気がするのだ。

女の性器のように、後ろをぐちゅぐちゅにして、雄々しくそそり勃った男根を味わっている。

そしてその時、テレビの音が葉山の耳に飛び込んできた。

『これは大きい、これは大きい！　入りました～、逆転ホームランです。やりました！　土壇場でゲームをひっくり返しました～っ！』

わぁぁぁああ……っ、と、逆転ホームランに沸き立つ観客の声が聞こえてくる。突然飛び込んできた日常の音に、自分が男に貫かれて喘いでいるこの異様な状況を、ますます思い知らされた。

「どうした？　野球、気になるか？」

揶揄《やゆ》され、耳まで赤くなる。首を横に振るが、大歓声が消えることはなかった。

羞恥に悶《もだ》える葉山の姿に触発されたのか、鬼塚はクス、と笑い、耳元に唇を押し当てたままとんでもないことを言う。

「あんなもん気にならないくらい、気持ちよくしてやるよ」

途端に始まる、リズミカルなピストン運動。

「あ、あ、あ、あ、あっ」

葉山は突き上げられるまま、声をあげた。目を閉じて腰を反り返らせ、鬼塚に『もっと突いてくれ』とばかりに尻を突き出して、この行為にのめり込んでいく。

「イきたいか?」

「……っ、イき、た……、……も、……イき、た……」

「俺もだよ」

耳元で囁かれるなり、葉山は急激に高みに向かった。堪えきれず、津波のようなそれに身を任せる。

「あ、ぁあ、あっ、――ぁあああああー……っ!」

爆《は》ぜる瞬間、頭の中が真っ白になった。自分の中の鬼塚が、激しくブルブルッと震えたのを感じ、自分の奥に熱い迸《ほとばし》りを感じる。

男の精液を奥で受け止める感覚を、生まれて初めて知った。それは、とてつもなく恥ずかしく、同時に満たされる気持ちがする。

さらに、自分より何倍も経験のありそうな男がイく時に小さく呻いたのも、葉山の心を熱くしていたのも事実だ。鬼塚が無防備になる瞬間とも言える。

すごかった。

言葉にはしなかったが、葉山はあまりの快楽と行為の激しさに、呆然としたまま脱力した。

背中から乗ってくる鬼塚の体温は熱く、汗ばんでいるが心地いい。

「まさか、お前がこんなに、可愛くなってるなんてな……」

何を言われたのかよく聞こえず、葉山はそのままゆっくりと目を閉じたのだった。

2

大変なことになってしまった。

白い作業着に身を包んだ葉山《はやま》は、悩ましいため息をついていた。

目の前にはベルトコンベアが流れており、その上にはボトルが入った四角いトレーが乗せられている。専用のボトルの中に入っているのは、エノキの菌を着床させる大豆で作った培地《ばいち》だ。

葉山の仕事は社員の指示の下、積み上がった培地のトレーを培養室へと運んだり、空のボトルが山ほど積んであるケージを運んだりすることだ。

食欲だけでなく性欲まで満たした鬼塚《おにづか》は、すっかり葉山のアパートが気に入ったらしく、その後睡眠欲までしっかりと満たして完全に居座ってしまった。

警察や他の誰かに相談しようと思わなかったわけではない。だが、そうしようとすると、例のごとく、不運が不運を呼ぶ転落人生を想像してしまうのだ。

そんな弱気な性格の葉山は、家に帰ると当然のように「お帰り」と言われ、「今日の飯はなんだ?」と聞かれて素直に答える。そして、言いたいことも言えずに、黙って鬼塚のぶんも作って二人でちゃぶ台を囲むことになるのだ。

しかも鬼塚は、極度の面倒臭がりらしく、なかなか風呂に入ろうとはしない。言わないと何日も同じパンツを穿《は》くし、言ってもなかなか穿き替えない。見るに見兼ねて、鬼塚が寝ている間にこっそり穿き替えさせたこともあった。おまけに一体何をしていたのか、先週はふらりといなくなって数日間姿を消した。ようやく出ていってくれたかと安心していた葉山だが、五日ぶりに帰ってきたのだ。

アルバイトを終えて帰ってきた葉山が部屋のドアを開けて見たものは、新聞紙を広げて足の爪を切っている鬼塚の背中だ。しかも、消えていた五日間、一度も風呂に入らなかったらしく、蠅《はえ》が二匹その周りを飛んでいた。

確かに鬼塚は野性的なところが魅力の男前だが、さすがにワイルドすぎる。

(あの人は、何者なんだろう……?)

葉山は、鬼塚という男の正体について考え始めていた。

その眼光の鋭さから、ゴミ袋の山に埋もれているのを見た時はヤクザの可能性を疑ったが、刺青《いれずみ》はどこにもなかった。けれども、やはりあの状況を考えると、ただの一般人とは思えない。数日消えて舞い戻ってくることから、何か他人には言えない秘密を抱えている可能性も高かった。五日間も風呂に入らずに、何をやっていたのか——。

何かの活動をしているテロリストという可能性もある。

国家に楯《たて》突く無法者たちは、己の信念を貫くためにはどんなことでもするだろう。そんな男たちに利用されるだけ利用された葉山は、最後には殺されるのだ。もし、万が一助かったとしても、共犯とみなされて刑務所行きとなる可能性は十分あるように思えた。

どちらにしても、葉山に未来はない。

「お〜い、葉山。培地のボトルを運んでくれ」

「……っ！　は、はい」

社員に呼ばれて我に返り、葉山は妄想を中断すると慌てて倉庫に行った。そして、ケージに積み上げられていたボトルのトレーを運ぶ。奥には菌を着床させる機械があり、消毒薬の入ったトレーにいったん足をつけたり、除菌ルームでエアーを浴びたりしてからでないと入れない場所もある。

無機質なリノリウムの廊下が延々と続いており、時々、研究施設にでもいるような錯覚を起こす。

それから一時間ほどで五時半時のサイレンが鳴り、社員が機械を止めるとこれまでうるさかった工場は静かになった。このあと、約二時間かけて工場の掃除をすることになっている。

強力なエアーを使って床に零れた培地を集め、機械の間に入り込んだエノキなどを取り除いていった。雑巾であらかた綺麗にすると、仕上げに消毒薬で機械を丹念に拭き上げていく。

黙々と作業をし、葉山が担当している区画を終わらせ、作業が遅れている隣の部屋に入った。すべて終わったのは、七時四十分頃だ。

「葉山。もういいぞ～。あとは社員でやるから、バイトは全員上がってくれ」

「はい」

他のアルバイトに声をかけ、ようやく一日が終わる。

事務所に行き、工場長たちに挨拶《あいさつ》をすると、ロッカールームでタイムカードを押してから着替える。こういう仕事だからか、葉山以外のアルバイトも無口な人が多く、ロッカールームは静かだった。

「葉山さん、お疲れ様です」

「あ。お、お疲れ様」

もたもたしていたせいで最後になってしまい、電気を消してからロッカールームを出る。

外はまだ少し明るかったが、駅につく頃にはすっかり日は落ちて真っ暗になっていた。日焼けした学生や疲れた顔をしたOL風の女性に混じって電車に乗る。

(今日も、まだいるんだろうな)

再び鬼塚のことを思い出し、葉山はどうしたらいいのだろうかと、ぼんやり考えた。一日も早く出ていってもらいたいが、いい考えが何も浮かばない。

その時、葉山は尻に異変を感じた。

誰かが触っている。

「！」

顔を上げると、窓には自分と他の乗客が映り込んでいた。背後に、でっぷりとしたサラリーマンふうの中年男がいる。髪の毛は頭頂部が禿《は》げており、見事なまでのバーコード柄になっていた。直接見ずとも、脂ぎって顔がテカテカしているのがわかる。

(ち、痴漢……っ)

男の葉山がすぐにそう思ったのは、これまでに同じ男から幾度となく痴漢をされているからだった。葉山が何も言えずにいるのをいいことに、何度も触られている。

声をあげて助けを呼ぶ勇気などなく、最寄りの駅で降りるまでただひたすら我慢しているからか、相手は調子に乗って毎日のように葉山の尻を触っていた。そのため、車両や乗る時間帯を変えるなどして、男の被害から逃れていたのだ。おかげでこのところずっと遭遇していなかったが、まさか見つかるとは思っておらず、忘れた頃に再び目の前に現れたことがいっそうの恐怖を呼んだ。

(ど、どうしよう……)

ガラスに映った男と目が合い、足が竦《すく》んだ。ようやく見つけたぞ……、とばかりにニヤリと笑ってみせる男に、また妄想が広がってくる。

(こ、こ、声……あげなきゃ……)

葉山は何度も自分に言い聞かせた。「やめてください」と言えばいいのだ。振り返って「何をするんですか」でもいい。たったそれだけのことだ。それだけ言えばいい。

しかし、葉山にはできない。心臓がバクバクと音を立て、次第に何がなんだかわからなくなってきて涙目になって俯《うつむ》いた。

そして、トドメを刺すように背後から言われる。

「会いたかったよ」

「——っ！」

勇気は完全に萎《な》え、早く自分の降りる駅が来てくれることだけを願って、ただただ耐える。

情けなくて泣きたくなり、どうして自分はこうなんだろうと思わずにはいられなかった。男のくせに痴漢などされ、その上、被害を訴えることすらできない。

そして、悪い癖が顔を覗《のぞ》かせる。

もしかしたら、このままどこかへ連れていかれ、監禁されてしまうかもしれないなんて妄想が拡がった。会いたかったなんて、ずっと捜していなければ出ない言葉だ。それほどの執着を見せられれば、葉山でなくとも考えてしまうかもしれない。

しかし、その時だった。

「おい、お前。俺のプッシーちゃんに何しやがるんだ？」

聞き覚えのある声が、背後から降ってきた。

「——っ！」

振り返った葉山の目に飛び込んできたのは、鬼塚の姿だ。人を掻《か》き分けて葉山の尻を触る中年男のところまで来ると、その腕を摑《つか》む。

「お前、俺のプッシーちゃんに何しやがるんだって聞いてんだよ」

「な、なんですか?」

「なんですかじゃねぇだろうが。今、こいつの尻を触ってただろう」

「な、何を馬鹿な……っ」

「違うってのか?」

鬼塚がすごむと、かなり迫力がある。しかも、葉山のことを平気で『プッシーちゃん』なんて言うのだ。滴るような色香を放つ男がそんな台詞《せりふ》を口にすると、ヤクザの情夫のようだ。

乗客たちもそう思ったのか三人を遠巻きにし、あっという間に葉山たちの周りだけ人がいなくなる。

「誤解ですよ」

「じゃあ、警察行くか? しらばっくれんなら、誤解かどうか調べてもらおうじゃねぇか」

そうしているうちに駅に到着し、鬼塚は男の胸倉を摑んで無理やり電車から引きずり降ろした。葉山も慌てて続く。

「すすすみません。つい、出来心で」

「出来心だぁ?」

「これで、あの……見逃してください。妻子がいるんです。会社にバレたら、クビになります。

とりあえず、これだけでも受け取ってください」

男が出したのは、万札だった。軽く十万円はあるだろう。葉山にしてみれば、かなりの大金だ。しかし大金とはいえ、そんなものでなかったことにしようなんて、どこまで他人を馬鹿にしているのだろうと悔しく、そして悲しくなった。言いたいことも言えないからこそ、こんな男に痴漢なんてされる。

「別途示談金は払います。これは頭金ですから」

「示談金？」

鬼塚は金を手にすると、それをじっと眺めた。

解放してくれると思ったのだろう。男は鬼塚の顔を見て愛想笑いをし、嘘ではないと何度も頷《うなず》いた。

しかし、鬼塚が次に取った行動は予想とは違うものだ。

「散々他人の尻を触っといて、それはねぇだろう」

「ですから、お金は……」

「さすがに痴漢するような野郎は、根性腐ってんなぁ」

鬼塚は、男から受け取った万札でその禿げ上がったバーコードをペンペンと叩《たた》き始めた。べったりと頭皮に貼りついていた髪の毛が次第に乱れてきて、鳥の巣のように毛羽立ち始める。

「あ？　示談金を払うだぁ？　他人の尻触って、見つかったら金で解決しようってか？」

通行人がものめずらしそうに、その様子を見ながら通り過ぎていく。

いい歳をした大人が、札束でペンペンと寂しくなった頭頂部を叩かれているなんて、さぞかし屈辱的だろう。みるみるうちに男の顔が赤くなっていき、耳まで染まっていく。

そして次の瞬間、男が逃げた。

「おい、待ちやがれ！」

人込みに紛れれば逃げられると思ったのか、いきなり踵《きびす》を返して駆け出したが、鬼塚はすぐに追いかけていき、跳び蹴りを喰らわせた。男は派手に転び、丸い躰《からだ》を縮こまらせる。

「誰もが金の前に跪《ひざまず》くと思うなよ」

鬼塚は男のでっぷりとした尻を何度も踏みつけた。体重を乗せられるたびに、脂肪のたっぷりついた尻がぼよよん、ぼよよんと揺れている。

「ひっ、許してください！　許して！」

どう見ても、借金の取立て屋と債務者だ。

「君っ、やめなさい！」

騒ぎに気づいた駅員が駆けつけてきて、鬼塚を羽交い締めにした。この様子を見れば、駅員たちがそういう行動を取るのも納得できる。

「待っ、待ってください」

葉山は慌てて駅員に飛びついた。

臆病だが、さすがにここで自分だけ逃げてしまうほど人でなしではない。しどろもどろになりながらも、これまでの経緯をなんとか説明して聞かせる。

「痴漢？　君、痴漢されたの？」

「痴漢って……君、男の子だよね？」

男の子、というのは少し違うが、痴漢されたのは本当だと、首が千切れんばかりに何度も頷いてみせた。

「本当に痴漢はこっちの人？」

大きな声で『痴漢、痴漢』と言われ、通行人の視線が集まる。恥ずかしくて涙目になると、ようやく気づいたようで「あ」と小さく言って申し訳なさそうな顔をした。

「おい。いつまで羽交い締めにしてやがるんだ？」

「……ああ、すみません」

鬼塚から手を離した駅員は、軽く頭を下げ、床に転がっている男に手を貸して立たせる。

それから三人は事務所に向かった。事情を説明し、駆けつけた警官に男を引き渡し、もろもろの手続きを済ませるとようやく解放される。

アパートまでの道すがら、葉山は疲れた躰を引きずるようにして鬼塚の少し後ろを歩いた。

「あの……ありがとうございました」

「見てたぞ。お前、触られることに気づいてたんだろう？　どうして我慢してやがった？」

「どうしてって」

「痴漢相手に何躊躇《ちゅうちょ》してたんだ?」

「それは……」

言葉をつまらせたが、黙っていても同じだと必死で自分の思いを言葉にする。

「男だし、ち、痴漢じゃないかも、しれないし……」

「あんなにはっきり触られてんだろうが。痴漢じゃねぇなんて、よく思えるな」

確かにそうだ。声をあげて助けを呼ぶ勇気がないから、言い訳をしていたにすぎない。女じゃないだとか、あと少しで駅だからだとか理由をつけて、波風立てまいとしていた。

そして、結局自分が損するハメになっている。

「お前はなぁ、そうウジウジしてるから、つけ込まれるんだよ」

「そ、そうですね」

「言いたいことははっきり言え。でないと損するぞ。大体なぁ、お前は思ったことをため込んでるからそうなんだよ。言いたいことも言えずに、いつも他人の顔色ばっかり窺《うかが》ってんじゃねぇのか?　世の中善人ばかりじゃねぇんだ。断固とした態度を取らねぇとわかんねぇ奴もいるんだよ」

鬼塚は、葉山に説教を始めた。

アパートに何日も居候しているお前が言うかと、普通なら思うだろう。しかし、葉山にそんな突っ込みをする勇気はない。

「気が弱ぇなんて、言い訳にはなんねぇんだぞ。察してくれることを期待しねぇで、言いたいことをちゃんと言葉にしろ」

言いたいこと。

葉山はゴクリと唾《つば》を呑んだ。

今、一番言いたいのは、鬼塚にアパートを出ていってくれということだ。もう十分に親切はした。当たり前のように居座っている鬼塚を見ていると、このまま自分の住居にしてしまうのではないかと不安が広がる。そうなる前に、なんとしても出ていってもらわなければならない。

「あの……」

「なんだ？」

葉山は勇気を振り絞って鬼塚を見上げた。

精悍《せいかん》な顔立ちの男は長身で、見下ろされた格好になる。街灯の光が鬼塚の背後から注がれているからか、顔に影ができて恐ろしく見えた。まるで、獲物を探して夜の街を徘徊《はいかい》していた狼男に出くわした気分だ。声を発する間もなく、頭からバリバリと食べられてしまいそうだ。

「言いたいことがあるなら言え」

「いえ、別に」

葉山は、目を逸らした。

やっぱり、言えない。鬼塚相手にそんなことが言えるはずがない。すると、さらに説教は続き、葉山の気弱な部分を指摘していく。

そしてふと、以前も似たようなことがあったような気がした。

こんなふうに、誰かに怒られた記憶があるのだ。言いたいことははっきり言えと、お前はおとなしすぎると言われたことがある。

父でも母でも兄でもない。けれども頼りになる存在で、大好きだった。

日焼けした肌。鍛え上げられた筋肉質の躰。汗の臭い。

「あ……」

葉山は、小さく声をあげた。説教をする鬼塚の声が聞こえているが、内容はもう入ってこない。一つの記憶が鮮明に蘇《よみがえ》り、その心を独り占めにする。

それは、一度きりの夏。だが、葉山にとってはとても楽しい夏だった。

商売人の子供というのは、夏休みやゴールデンウィークなどの学校が長い休みに入る時期には、両親が忙しくて寂しい思いをするものだ。

実家が老舗《しにせ》旅館だった葉山も例外ではなかった。繁忙期になると祖父母の家に預けられることも多く、家族旅行をした覚えがほとんどない。おとなしい性格で友達も少なかった葉山は夏休みの絵日記も寂しいもので、それを埋めるのに苦労した記憶がある。

けれども、そんな葉山でも一度だけ毎日が楽しくてたまらなかった夏休みがあった。

それは、小学二年生の時だった。

それまでは兄の忠《ただし》と一緒に祖父母の家に行ったが、忠が中学に上がって部活をするようになったため、その年は一人先に実家に預けられた。もともとおとなしい性格の葉山は、頼りになる兄もいず、かといって友達を作ることもできない。

そんな葉山が毎日通っていたのが、近所にある工場だ。町の板金屋で、中には大きな鉄の塊のようなものがあちらこちらに置かれてある。社員の男たちは皆汗を流しながら毎日働いており、倉庫の奥からは大きな物音が聞こえていた。

敷地の外から覗くのがやっとで、倉庫の中で何が行われているかわからないのも興味をそそる要因だったのは言うまでもない。こっそり忍び込む勇気もなく、塀のところに積み上げてあるケースを重ねて中を覗くことしかできなかったが、それだけでよかった。誰も知らない秘密を持ったようで、葉山は毎日のように工場に通った。

そんなある日のこと、部活が休みに入った忠がようやく祖父母の家に来たため、秘密の場所を教えてやろうと思いそこへ連れていったのだが、葉山は地元の子供に取り囲まれてしまったのである。忠は葉山が工場の中を覗いている間にどこかに行ったらしく、その姿はいつの間にか消えている。

「おい、お前どこの奴だ？」

小学六年生くらいだろうか。一人は体格もよく、いかにもガキ大将といったタイプで、他の二人も葉山よりもずっと大きかった。怖くて、声も出せない。

「何持ってるんだ？」

葉山は、祖母に買ってもらった新しいラジコン飛行機を手にしていた。自分では上手く飛ばすことができず、工場を見せたあと忠に空き地で飛ばしてもらおうと思っていたのだ。

「なんか言えよ」

「何こいつ、なんで無視するんだよ。チビのくせに気取った奴」

ラジコン飛行機をひったくられるが、葉山は「あ」と小さく言っただけで、言葉は続かなかった。買ってもらったばかりなのに、このまま少年の物にされてしまったらどうしようと不安になってくる。

「なんだよ？　文句あるのか？」

葉山は口を閉ざして俯いた。

それから「どこの奴だ」「何をしてるんだ」と問いつめられ、葉山の目には次第に涙がたまっていった。そんな態度が悪ガキたちを面白がらせ、葉山を取り囲んではやし立てるのも仕方がない。

「せっかくだから飛ばしてみようぜ」

一番体格のいい少年が、葉山のラジコン飛行機で遊び始めた。取り返そうにも、他の二人が目の前に立ち塞がっているためそれもできない。自由自在に飛ばしているのが羨《うらや》ましく、ただ突っ立ってその様子を見ているだけだった。

しかしその時、いきなり背後から大きな影が迫ってくる。

「おい、何やってるんだ?」

そこに立っていたのは、作業着を着た二十五歳前後の男だった。短く刈り込んだ髪は真っ黒で、その格好から工場の従業員だとわかる。見上げるほどの長身で、浅黒く日焼けした肌に汗を浮かべている。

「やべぇ！　逃げろっ」

ガキ大将たちはラジコン飛行機を放り出して逃げたが、葉山は立ち竦んで一歩も動けなかった。ラジコン飛行機を奪った少年たちより、何倍も迫力がある。

「何してる?」

大人特有の低くて野太い声。

限界だった。

見下ろされて怖くなり、それまで必死で我慢していた涙が一気に溢《あふ》れ出した。一度泣き出すと止まらず、嗚咽《おえつ》まで漏れてくる。息を吸ってばかりで、呼吸困難に陥りそうだ。

「おいおい。泣くなよ坊主。俺が苛《いじ》めたみたいになってんじゃねぇか」

青年はそう言って笑いながら葉山の前にしゃがみ込み、頭の上に手を置いて撫《な》でてくれた。

それでも、怖いものは怖い。

「なんだ。大きい坊主たちに囲まれて怖かったのか？　ん？」

怖い相手はここにもいるのだが、そう言えず、青年を見ながら嗚咽を漏らし続けることしかできない。ひっくひっくと何度も息を吸っていると、青年は放り出されたラジコン飛行機を拾った。

「お前のだろう？　貸したくないならはっきり言え。でないとすぐ取られるぞ。言いたいことはちゃんと言わねぇと、相手に伝わんねぇんだからな。ほら、来い」

手を取られ、工場のほうへと向かう。このままどこか知らないところへ連れていかれて、二度と家には帰れなくなるのではと不安になるが、逃げることもできずに、事務所らしき建物の中へと入った。

その中はクーラーが効いていて、作業着姿の男が何人もいる。

「あらあら、どうしたの僕。どこの子？　名前は？」

出てきたのは優しそうな中年女性で、葉山はようやく涙を止めることができた。ふくよかな体型をした女性は、屈強な男たちの中ではとても安心できる存在だったのだ。

葉山の母親とは違うタイプだが、女性というだけで子供には安堵感《あんどかん》を与えるのかもしれない。

「近所の悪ガキに苛められてたから、助けてやろうと思って声かけたら泣いちまって」

「おめーの顔が怖かったんだろー」

奥にいた中年の男が言うと、事務所にいた全員が大きな声をあげて笑った。その大きさにまた驚き、引っ込んだ涙が出てきそうになる。

「ああ、この辺で遊んでる子たちだね。わんぱくだからねー、あんたみたいにちっちゃな子はびっくりするだろうね。ほら、お菓子あげるから、もう泣いちゃだめよ」

彼女はそう言っていったん奥に消えると、何やら棚を漁るような音を立て始めた。しばらくして戻ってきた彼女が手にしたビニール袋の中には、おかきやチョコレートの包みがたくさん入っている。

いろんなお菓子の入ったそれは、子供の葉山にとってワクワクするものだ。

「お前、よく工場を覗いてる奴だろ？　知ってるんだぞ。さっき兄ちゃんみたいなのも一緒だっただろう。どこ行った？」

忠がどこに行ったかわからず、葉山は黙って首を横に振った。

「お前をおいてどっか行っちまったのか？　ひでー兄ちゃんだな」

「……っ、ちが……っ。お兄ちゃん、……優しい……」

「そうか」

青年はそう言って、ラジコン飛行機の羽の部分をじっくり観察する。

「あー、駄目だな。羽の部分が折れてる」

「溶接してやれ」

「駄目ですよ。これプラスチックなんだから、重さが変わって飛ばないでしょ」

買ってもらったばかりのラジコン飛行機が駄目になってしまい、葉山は落胆した。一度も上手に飛ばすことができなかった。壊して帰ってきたのを見て祖父母が悲しそうにする姿を想像せずにはいられない。

「そんな顔すんな。しょうがないだろうが。それよりお前、工場の中見たいか?」

葉山が顔を上げると、青年は『やっぱりそうか』とばかりに白い歯を見せてニヤリと笑った。まるで探検にでも誘われているような気がして、心が躍る。

葉山は黙って頷いた。倉庫の奥に何があるのかは、ずっと葉山の興味の的だった。それを見せてくれるというのだ。

「社長。道具使っていいですか?」

「泣かしたお詫《わ》びになんか作ってやれ」

「よし、こっちに来い」

手を出され、今度は自分からその手を握ってついていった。

中は薄暗いが、スイッチを入れると蛍光灯が一気につき、たくさん並んだ機械が照らし出される。まさに、秘密基地だ。

「ちょっと離れてろ。直接光を見ると目がやられるから、これをつけてろよ。ちゃんと持っていられるか？」

青年は葉山を少し離れたところに座らせ、大きなお面のようなものを葉山に渡した。それを受け取って言われた通りに両手で持つ。

青年が作業を始めるとすごい音がし、葉山は圧倒された。

ずっと覗いてみたかった倉庫の中で行われていたのは、葉山が想像していたよりもずっと刺激的なものだった。まさかこんなところで花火が見られるとは思っておらず、目を丸くしてじっと魅入る。

「面白いか？」

一度手を止めた青年は、葉山がちゃんと座っているか確認するように振り返り、再び作業を始めた。鉄の塊が、次第に形になっていく。どうして鉄と鉄がくっつくのかはわからなかったが、今まで別々だったものが一つのものになっていくのは、まさに魔法のようだった。

男は「もう少しだぞ」と言い、再び作業を開始すると作品を完成させる。手渡されたのは、鉄屑で作った飛行機だ。

葉山は、驚かずにはいられなかった。粘土のようにこねて形を変えられるわけではないのに、自分の好きな形にしてしまえるのだ。尊敬という言葉はまだ知らなかったが、葉山が胸に抱いたのは、まさにそんな感情だ。しかも、先ほどは怖いと思っていた青年が、優しい笑みを漏らしているのを見て、嬉しくなる。

「ほら、お前にやるよ」

手渡された鉄の飛行機は、見た目よりずっと重かった。ラジコンのほうは壊れて動かなくなってしまったが、飛行機が二つになったことのほうが重要だった。そして、お礼を言おうとして顔をあげた葉山は、なぜか上手く言葉にならず、また涙を溢れさせてしまう。

「ふえ、ふえ……っ」

「お前なぁ、よくそう涙が出るな」

「……っ、……ひっく……、……あり……、……ひっく」

お礼を言おうとしているのはわかったようで、青年はまた優しく笑うと大きな手で葉山の頭をくしゃくしゃに撫でてくれた。

と、その時——。

「悟《さとる》っ！」

先ほどのふくよかな中年女性に連れられて、忠が倉庫の中に入ってきた。捜していたのか、葉山の姿を見つけるなり駆け寄ってくる。

「どこに行ってたんだ？　捜したんだぞ」

「お、お兄ちゃ……」

「俺の傍から離れるなって言ってるだろう。もう、すぐいなくなるんだから、駄目じゃないか。あ、その飛行機はどうしたんだ?」

「……っ、……さっき……、えっと……、あのね……」

壊れたラジコンの代わりに作ってもらったと言うと、忠は青年に向かって頭を下げる。

「弟がお世話になったうえ、飛行機まで作って頂いてありがとうございます」

「あら、しっかりしたお兄ちゃんね」

女性はそう言ったが、青年の反応は違った。

「まだ小さいんだ。兄貴が気をつけて見ていてやらなきゃ駄目だろうが」

「そ、そうですね。ごめんな、悟」

自分のせいで忠が怒られるのかと思い慌てるが、それ以上責められることはなくホッとする。

「勝手に入ると危ねぇから、作業を見たい時は事務所に来い。俺が見せてやるから」

それから、葉山は毎日のように工場に通った。忠がいない時は、自分から声をかけられずに物陰からこっそり覗くだけだったが、いつも青年は葉山を見つけて声をかけてくれた。

なぜ、あの青年が休み時間を使って毎日のように廃材で馬や車などを作ってくれたのかはわからないが、忠の代わりに兄のように葉山の相手をしてくれた青年は、葉山が来るたびに玩具《おもちゃ》を作ってくれ、思ったことを口にできない葉山に向かっていつも優しく説教をしてくれた。

『言いてぇことは口にしねぇと、損するぞ』

深みのある声には優しさが溢れていて、今でも思い出しただけで心が温かくなる。

いつも八月の下旬に差しかかる頃にはホームシックにかかって、早く両親が迎えにこないかと心待ちにしていた葉山だが、その年は夏休みがずっと続けばいいと思っていた。


（すっかり忘れてた……）

鬼塚に痴漢の魔の手から助けてもらった夜以来、葉山は毎日のように工場で鉄の玩具を作ってくれた青年のことを頻繁に思い出すようになっていた。

一度きりの夏。忠の代わりに、葉山を悪ガキたちから護ってくれた優しい青年。大好きだった。悟にラジコン飛行機は少し早かったね、と言った祖父たちも、工場で作ってもらった飛行機を嬉しそうに眺めていたのを覚えている。

けれども、その年の冬休みに行った時には工場は閉鎖されていた。

不景気で倒産したらしいのだが、その頃の葉山は倒産の意味がよくわからず、楽しみにしていた青年との再会が叶わないと知って随分落胆した。作ってもらった玩具は、実家においてあるはずだ。

もうずっと開けていないが、子供の頃に大事にしていたものをまとめたダンボール箱を倉庫に入れた記憶がある。

(もう一度、会いたいな)

あの時の青年のことを思い出し、懐かしさに胸が温かくなった。優しくて、頼りになって、そして爽《さわ》やかで格好良かった。忠もよく遊んでくれたが、もっと違う存在だった。

今度実家に帰ったらあの箱を開けてみようと決め、午前中に干した洗濯物を取り込んで畳み始める。そして、その中に自分のではないパンツが混じっているのを見て、ため息を漏らした。

縞《しま》模様のトランクスは、もちろん無精ひげの居候の物である。

『言いたいことは口にしねぇと損するぞ』

何度も言われた言葉を思い出し、頼りになる青年に向かって心の中で呟《つぶや》く。

(だって……鬼塚さんみたいな怖い人に言うなんて、そんなの、無理だ)

まるで子供の言い訳だ。

葉山を苛める近所の悪ガキから護ってくれたように、居候を決め込んでいる鬼塚から護って欲しい——ふとそんな思いに囚われ、甘ったれた自分が恥ずかしくなった。

二十四にもなって、何が『護って欲しい』だと、深く反省する。だが、初恋の相手を思い出すような甘酸っぱい気持ちになったのは隠しようのない事実だ。

もちろん、当時の葉山にそういった感情があったわけではないが、特別な存在だったのは間違いない。そして、ラジコン飛行機を取られた子供の頃とまったく変わっていない自分を見たら、あの青年はどう思うだろうと想像してみる。

きっと工場でそうしてくれたように、呆《あき》れながらも説教をしてくれるだろうと思い、また心が温かくなった。

それは、葉山の願望だ。甘ったれた葉山が作り出す虚像でしかないが、めずらしくネガティブでない妄想で頭をいっぱいにする。

けれども、幸せな時間はそう続かない。

「おー、いたのか」

「――っ！」

朝っぱらから出かけていた鬼塚が帰ってきて、葉山はビクッとなって現実に引き戻された。

作業着のようなズボンとコンビニで買ったTシャツを身に着けた鬼塚は、だらしなく左手をズボンのポケットに入れ、右手には買い物袋を握っている。おまけに何をしてきたのか、ズボンの裾は泥だらけでTシャツも汚れていて汗臭い。

今日こそは出ていってくれたのではと期待していたが、やはり戻ってきたんだと落胆した。

このままだと、本当に居座られてしまう。

にわかにそんな不安が湧き上がり、危機感に見舞われた。何も言わなければ、いつまでも変化はない。ちゃんと意思表示しなければと、自分に言い聞かせる。

『言いたいことは言わねぇと損するぞ』

葉山は、あの時の言葉を思い出して自分を奮い立たせた。無意識のうちに拳を握り締めて自分の気持ちを搾《しぼ》り出そうとする。しかし、やはり言葉にはならなかった。無精ひげの鬼塚を見ると、どうしても出てこないのだ。

「晩飯もう作ったか?」

「い、いえ……っ」

葉山はオドオドしながら、なんとかそれだけ言った。まだ夕飯を作っていないのかと怒られる気がしたからだ。居候にそんなことを言う権利はないが、気弱すぎてつい身構えてしまう。

こんなことではいけないと思っていても、一朝一夕に性格が直るはずもない。

「まだならこれ使え」

「え?」

目の前に掲げられたのは、鬼塚が持っていたスーパーの買い物袋だった。中を覗くと、大量のピーマンが入っている。しかし、買ってきたのではないらしい。色艶《いろつや》はいいが形はいびつなものが多く、大きさもバラバラだ。畑から取ったものを、そのまま袋に放り込んで持ってきたという印象である。

「あの……これ……」

「いつも世話になってるからな。たまには礼でもしねぇと。遠慮するな。野菜も喰わねぇと、栄養のバランスが悪くなるぞ」

葉山は「ありがとうございます」と言ったが、素直に喜ぶことはできなかった。

（も、もしかして……ど、どこからか盗んできたんじゃ……）

どう見ても金を持っているようには見えない鬼塚が、どうやってこれを手に入れたのかと聞きたかったが、そんな勇気はない。そして、鬼塚の代わりに自分が捕まってしまわないかと不安になる。

ある日、突然警察官がやってきて、葉山のアパートのドアを叩く。そして中から出てきた葉山に言うのだ――警察の者ですが。

葉山の頭の中には、テレビドラマでよく見るような強面《こわもて》の刑事が警察手帳を掲げている姿が浮かんでいた。さらに、玄関先から台所のテーブルに置いてあるピーマンが丸見えになっている。

この大量のピーマンはどうしたと聞かれ、葉山はあっさりゲロしてしまうのである。しかも主犯の鬼塚は、タイミングよく刑事が部屋のドアを叩いているところで出先から戻ってきて、見つかる前に一人逃亡だ。

葉山は刑事たちに手錠をかけられてパトカーにつめ込まれ、署の取調室に連れていかれて責め立てられる。善良な農家の老人が大事に育てたピーマンをよくも盗むことができたなと、口々に罵《ののし》られるのだ。

そこまで考えて躰がぶるっとなった。もし、無実を晴らすことができなければ、窃盗《せっとう》の罪でブタ箱に放り込まれてしまう。もちろん同じ房にはヤクザの親分がいて、葉山を奴隷のようにこき使うという筋書きができあがった。

おまけに、何を隠そうピーマンは葉山が一番苦手とする食べ物だ。苦味と青臭さが、どうしても好きになれない。大好きなキャベツで捕まるならまだいいが、嫌いなピーマンで捕まるなんて最悪だ。

「どうした？」

「え？　あ……、いや……その……っ」

「チンジャオロースでも作るといいぞ」

「えっと……あの……」

このピーマンはどうやって持ってきたのかとも聞けず、ピーマンが嫌いですとも言えず、じわじわと湧き上がる恐怖に震えているだけだった。

「肉はねぇのか？」

「えっと……ハ、ハムなら」

「じゃあハムで作るか」

鬼塚は、めずらしく自分も手伝うと言って袋の中のピーマンをシンクに全部出し、洗いもせずに包丁を入れ始めた。もう後戻りはできない。ここまできたら、いつ刑事が来てもいいように、できるだけ早く証拠隠滅を図るのみだ。一刻も早く料理を仕上げて腹の中にいれることだけを考える。いつ刑事が来るだろうかとビクビクしながら、葉山は黙々と作業を続けた。

鬼塚は意外にも手先が器用で、ピーマンの細切りはあっという間に山盛りになった。二人で食べるにはあまりに量が多いが、そんなことを考えている余裕はない。

そして約三十分後、ちゃぶ台の上には、山盛りになったチンジャオロースが、でん、と鎮座していた。その光景は、ピーマン嫌いの葉山にとっては、悪夢以外の何ものでもない。

ゴクリ。

唾を呑んだのは、もちろん食欲からではなくこれから続く恐怖からだ。

「しかし、すごい量だな」

お湯を沸かしてインスタントの味噌汁を作り、炊いていたご飯をよそってさっそく鬼塚とともにちゃぶ台を囲む。

「よっしゃ、喰うぞ～」

「い、いただきます」

葉山は、恐る恐る箸《はし》を伸ばした。口に入れた途端、苦手なピーマンの味が口いっぱいに広がる。

(う……、不味《まず》い)

料理に少し入っているくらいならまだ我慢できるが、肉がメインなのかピーマンがメインなのかわからない料理となるとお手上げだ。けれども食べないわけにはいかない。

「旨いか?」

「は、はい。美味しいです」

泣きそうになりながらもなんとか口に運び、できるだけ味わわないように飲み込んだ。刑事がアパートのドアを叩くかもしれないという恐怖も手伝い、拷問でも受けているような気持ちだった。

(うう……)

どうして言えないんだろうと思いながらも、結局我慢している自分の気の弱さを呪わずにはいられない。そして、顔色を窺うように鬼塚を盗み見る。

どうしてここにいるのがあの時の青年ではなく、鬼塚なのだろうと恨めしげな気持ちになるのをどうすることもできなかった。工場で玩具を作ってくれた優しい青年が相手だったら、ピーマンだらけの食卓ももっと違う気持ちで臨めたはずだ。

きっと、あの時のように優しく叱ってくれただろう。そうしたら、嫌いなピーマンも食べられる。

そこまで考えて、葉山は我に返った。

(お、俺は……ホモじゃない……)

恋煩いでもしているかのように、名前も知らない相手を想っていることに気づき、葉山は一

人赤くなった。今はどこにいるかわからない相手のことを考えても、ピーマンは減らない。とにかく今は食べることだ。

(助けて)

葉山はいつの間にか、工場で自分を可愛がってくれた青年に呼びかけていた。かろうじて泣きはしなかったが、嫌いなピーマンとこの先の不安から、気づかないうちに目に涙がたまっている。悲しくて、そして会いたくて、鼻がツンとなる。

「そういやお前、こっちの出じゃねぇだろう」

「はい。な、長野《ながの》です」

実家のことを聞かれると、ますますあの優しかった青年のことが恋しくなった。そして両親の顔や、兄の忠の顔までが浮かんでくる。

「どうしてフリーターなんてやってるんだ？　お前みたいな気の弱いのは、地元に帰って就職したらいいじゃねぇか。そのほうが安心だろう」

「実家だと、自立……できないから。いつまでも、甘えちゃ……駄目だし。兄さんも、そう言って……」

「ひでぇ兄貴だな。お前みたいなのを放り出すなんて」

「そんなこと、ないです」

「兄貴が地元に帰ってくんなって言ったんだろうが」

「ちが……っ、俺がっ、帰らないって決めたから……。それに、兄さんは……優しい、です」

思わず箸を止めて訴えたが、葉山は後悔した。口答えなどしたら、怒られるに決まっている。

しかし、その思いは意外にも外れた。

「ふぅん」

鬼塚は葉山の顔をじっと見ながらそう言い、再び箸を動かし始める。

「まぁ、お前が自分で頑張るって決めたんなら、俺が口出すこっちゃねぇな。俺は頑張り屋は好きだぞ」

褒められるが、鬼塚に好かれたからといって何かいいことがあるわけではない。むしろ、この男に好かれるとさらにとんでもないことになりそうで、考えただけで怖くなり、ドキドキしてくる。

「ほら。どんどん喰えよ～」

「は、はいっ」

遅いと怒られそうで、葉山はペースをあげてチンジャオロースを掻き込んだ。しかし、箸を止めた鬼塚がふいに言う。

「お前、もしかしたら、ピーマン苦手なのか?」

「!」

ここで苦手と言ってしまえば、きっとまた怒られる。殴られるかもしれない。葉山は苦手じやないと証明するように、慌てて食事をする手を早めた。

「す、好きです」

「嘘をつけ。見りゃわかるんだよ」

鬼塚はそう言って、何事もなかったかのように再び箸を動かし始める。葉山は、その様子を呆然《ぼうぜん》と見ていることしかできなかった。

（お、怒らないのかな……？）

どんなに待っても拳が飛んでくる様子はなく、鬼塚はいつものように旺盛な食欲で次々と料理を口に運んでいる。葉山のぶんまで食べてやろうという勢いに、何事も悪いほうに考えてしまうのは自分の悪い癖だと、ようやく胸を撫で下ろして箸を置こうとした。

だが、そんな葉山に、無情な言葉がかけられる。

「残していいとは言ってねぇぞ」

「……え？」

「好き嫌いするからそんなに痩《や》せっぽっちなんだろうが。そんなんじゃあ大きくなれねぇぞ。喰うまで立つなよ〜」

愕然《がくぜん》とした。

まさか、そうくるとは思っておらず、戸惑うあまりしばらく身動きすることができなかった。

食べるまで他のことをしてはいけないなんて、学校の給食以来だ。

「ほらほら、ちゃんと喰わねぇといつまでも終わんねぇぞ～」

「は、はい……」

葉山は、渋々ながらも食事を再開した。

（うう……）

考えが甘かった。やはり、鬼塚はその名の通り、葉山にとっては鬼だ。涙目になって必死で掻き込み、できるだけ味がしないうちにゴクリと飲み込む。鼻水まで出てきて、何が何やらわからぬままとにかく掻き込み続けた。

ようやく自分のノルマをこなした時には、意識は朦朧《もうろう》としている。

「全部喰ったか？」

「は、はい」

「なんだ。ちゃんと喰えるじゃねぇか。頑張ったな」

鬼塚の大きな手に頭をくしゃくしゃにされ、ふいに葉山の心にほわんとしたものが生まれた。

褒められるのは、誰だって嬉しい。

しかし、試練はこれだけでは終わらなかった。

結局、翌朝も残りのピーマンで朝食を作り、ピーマンは二日目の夕飯時まで葉山の食卓を占領してくれた。さらには、連日のように強面の刑事と巨大ピーマンに追いかけられる夢を交互に見る始末。

刑事とピーマンの悪夢からようやく解放されたのは、それから一週間が過ぎてからだった。

「はぁ」

お菓子の陳列をしていた葉山は、作業の手を止めて深々とため息をついた。

今日はエノキ工場のバイトが終わってから、アパートには帰らずに直接コンビニのバイトに来た。控え室で夕飯の弁当を食べ、少し休んでからシフトに入ったのだが、風邪で岡田《おかだ》が休みだと連絡が入った。

十一時に金丸《かなまる》が上がったため、朝までは店長と二人だ。

結局、あれから刑事は現れず、ピーマン泥棒のニュースも流れなかった。自分の思い過ごしだとようやく信じられるようになってきて、定期的に店に立ち寄る警察官の制服を見てもビクビクすることはなくなったところだ。

この数日、本当に生きた心地がしなかった。

よかれと思って持ってきてくれたのだろうが、きっと相性がよくないのだと思った。よくあることだ。相手のためを思ってやったことが、ことごとく裏目に出ることはある。

鬼塚とはきっとそういった関係に生まれ落ちた者同士なのだろう。

葉山にとって、いわゆる疫病神のような存在と言っていい。そもそも、ゴミ袋の山の中から拾ってきた男が、葉山にとって幸運を運んでくるラッキーパーソンであるはずがないのだ。

しかし、連日のピーマン続きで舌が麻痺《まひ》したのか、前ほど苦手ではなくなっているのも事実だった。

実を言うと、夕飯に食べた弁当の中に入っていたピーマンに気づかずに食べてしまったのだが、普段なら覚悟をせずに口に入れてしまった時は、つい吐き出してしまうというのに、今日はそこまで拒否反応が出なかった。苦手なことに変わりないが、恐怖のチンジャオロースに比べるとなんてことはないと思えるようになっている。

そして、苦手なピーマンを完食した時に鬼塚が褒めてくれると、少し嬉しかったりもした。

（荒療治っていうものなのかな……？）

給食というシステムからは無縁の大人になった今、ピーマンを食べられるようになったからといってたいしたメリットはない気がするが、苦手な食べ物を少しは克服できたと思えば、あの苦痛の時間も無駄ではなかったと思えなくはない。

鬼塚はというと、二日前から姿を消しており、あえてそう仕向けてくれたのかは確かめようがなかった。

（やっと出ていってくれたなんてことは……ないよな）

もう、何度その期待を裏切られただろう。

自由気ままな男は、時々フラッと姿を見せなくなるが、数日すると必ず戻ってくる。

(どうせ、また帰ってくるんだろうな)

期待してはいけないと思いながらも、やはり「今回こそ……」という思いがどうしても消えてはくれなかった。このまま平和な日々が戻ってくることを、願わずにはいられない。

「おい、店員いねぇのかよ」

考えごとをするあまり、客がレジの前に立っていたことに気づかず、葉山は慌てて中に入った。客は、十代後半から二十代前半の作業着を着た青年が三人だ。金髪が一人と茶髪が二人。うち一人が鼻にピアスをつけている。

これまで葉山が何度も絡まれてきたタイプだ。

「す、すみません。お待たせしました」

急いでレジに入り、置かれた商品をスキャンしていく。

弁当が三つとチョコレートなどのお菓子類。レジ横の陳列棚から、タバコを一つ取ってそれも追加するよう言われる。

「二千六百五十二円になります」

青年たちは、それぞれポケットからお金を出してレジに並べ始めた。それらを見ているが、どうも足りそうにない。

嫌な予感を抱きながらも差し出された小銭を数えると、やはり予想通りの結果だった。

「お、お客様。あと五百円、不足しております」

お金が不足していると伝えるくらいなんでもないだろうが、葉山はそれだけでも緊張してしまう。特に相手が、あまりガラのよくなさそうなタイプだとなおさらだ。

そして案の定、青年たちはお金が足りないのが葉山のせいであるかのような表情になり、身を乗り出して葉山を脅しにかかった。

「そんくらいおまけしてくれよ。さっき散々待たせただろ?」

からかうような口調に、葉山は完全に萎縮《いしゅく》してしまっていた。

店長がいるが、今は倉庫のほうで作業をしている。何か理由をつけていったん奥に行けばいいのだろうが、そうしている間にこのまま逃げられそうな気もして、それもできない。

「おまけは……でき、ません。その……俺は、バイトですから」

「五百円くらい、てめーの財布から出せばいいじゃん」

確かに、その通りだ。ここでダラダラと絡まれているより、そのほうがいい。あとで自分の財布からレジに五百円を入れておけば問題はないと、青年たちの要求を呑むことにした。

これ以上絡まれるくらいなら、五百円を払ったほうがいいに決まっている。

「わ、わかりました」

「わかりゃいいんだよ。悪いね～」

勝ち誇ったように笑う青年たちを見てますます怖くなり、葉山は急いで会計を済ませようとした。しかし、背の高い男が近づいてくるのが、視界の隅に映る。

「おい、坊主たち。俺のプッシーちゃんにたかるなよ」

「――っ!」

鬼塚だった。

葉山は声も出せずに、ポカンと口を開けて鬼塚を見上げていることしかできない。せっかく円満に済みそうなところに出てこられて、正直なところ迷惑だ。

これ以上、波風を立てないでくれと心の中で訴える。

「なんだおっさん」

「五百円不足してるっつってんだろうが。こいつに払わせようってのか? 田舎から出てきた真面目な貧乏青年にたかるなんて、鬼だなぁ」

「何? あんたこいつとデキてんの? 頭おかしいんじゃねぇの?」

三人いる強みからか、青年たちは挑むように近づいていく。喧嘩にでもなったらと思うと、怖くてならなかった。殴り合いをすれば、狭い店内はきっと滅茶苦茶だ。物が壊れるだけならまだいいが、他に客が入ってきて怪我でも負わせてしまったら、大変なことになる。

「あの……待って、……待って、ください……っ」

止めようとするが、男は鬼塚の胸倉を摑んで今にも殴りかかりそうな勢いだ。

「何が『プッシーちゃん』だよ。格好つけんな。たかが五百円だろ～？」

「たかが五百円って言うならちゃんと払え。万引きと一緒だな。おい、警察に通報だ」

「な、何が警察だよ！　てめぇ、ふざけ……、――痛ぇっ、何すんだ！」

　顔面目掛けて飛んできた拳を受け止めた鬼塚は、そのまま金髪の手を摑んで後ろを向かせながらねじり上げ、カウンターに押さえ込んだ。茶髪が気色《けしき》ばんで殴りかかるが、拳はあたったもののまったく効いている様子はなく、鬼塚は青年の股間を蹴り上げた。床に蹲《うずくま》った仲間を見た鼻ピアスは、その迫力に圧倒されて殴りかかることすらできず棒立ちになっている。

「おい、何してる。警察に電話しろ」

「あ、あの……っ」

　どうしていいのかわからず、葉山はオロオロしていることしかできなかった。警察という言葉と一一〇番通報が結びつかない。そこでようやく騒ぎに気づいた店長が、倉庫から出てくる。

「どうかされましたか、お客様」

「こいつらが商品盗もうとしやがったんだ」

　ここまでくると、青年たちの勢いはすっかり消え去っている。

「ご、五百円足りねぇだけだろう。盗もうなんて思っちゃいねぇよ」

「その五百円をそこのにーちゃんに出せっつってたのは誰だ？」

「冗談だよ。冗談に決まってるだろ。払うよ！」

鼻ピアスが慌てて財布の中から金を出すと、鬼塚はようやく金髪の手を離した。自由になった金髪は、股間を押さえて蹲っている茶髪を助け起こす。

「で、では、お会計をさせていただきます。あ、葉山君は裏お願い」

店長は葉山に奥に行くよう小さく言ってから、青年たちに向かって愛想よく笑いかけた。ここは任せたほうがいいと思い、素直に倉庫に入ってじっと待つ。

二分ほどしただろうか。呼ばれて店内に戻ると、青年たちはすでに店を出たあとで、鬼塚の姿もなかった。

「葉山君。自分の財布からレジにお金を入れようとしてたのか？」

「……はい」

「そんなことしちゃ駄目だよ～。葉山君がそうしたら、また来るでしょう。この前の店員は負けてくれたぞって言われるから、他のバイトの子が困ることになるんだよ」

「す、すみません」

そこまで考えが及ばず、葉山は深く反省した。

自分が損するだけならいい。けれども、断固とした態度を取らなければ、今のような客を増長させるだけだ。次もまたやってきて同じことをするだろう。

そして、エスカレートする。

しかも今はブログやツイッターなどのツールがあるため、情報はあっという間に広がってしまう。面白がって同じことをしにやってくる人間もいるだろう。

　一度例外を作ることがどれほど危険なことなのか、今になってようやく気づいた。

「すす、すみません……っ」

　コトの大きさを思い知った葉山は、しどろもどろになりながらも頭を下げた。

「次から何かあったら、俺を呼んでくれよ。ほら、そんなに縮こまらなくていいから」

「はい。すみません」

「いいっていいって。葉山君が気が小さいのは知ってるから、もうちょっと頼りにしてって言ってるんだからさ」

　あまりに恐縮しているからか、店長は苦笑いをしながら葉山の肩をポンポンと叩く。

　それからは何事もなく、午前九時にコンビニのバイトが終了すると葉山は眠い目を擦りながらアパートに戻った。そして、玄関の鍵をそっと開けてゆっくりとドアを開ける。

「……た、ただい、……ま」

　恐る恐る中を覗いたが、部屋は空っぽで鬼塚の姿はない。フラッといなくなって帰ってきたあとは、鼾《いびき》をかいて寝ていることが多いため、てっきりいるのかと思っていた。

（どこに行ったんだろう……）

　安堵しつつも鬼塚の行方が気になり、軽くため息をついてちゃぶ台の前に座る。仕事で疲れているからか、すぐに動く気にはなれずにそのまま呆《ほう》けていた。

『おい、坊主たち。俺のプッシーちゃんにたかるなよ』

鬼塚の台詞を思い出し、あれではヤクザの情夫だと思った。そもそも『プッシー』とは女性器の隠語で、蔑《さげす》みの意味も籠《こ》められた言葉でもある。だが、鬼塚が口にすると、そういったものがまったく感じられない。それどころか、愛情すら感じるのだ。

あんなに鬼塚に出ていって欲しいと願っていたのに、今はなぜかその帰りを待っていた。

「お、お礼が言いたい……だけ、だ」

誰もいないのに言い訳じみたことを口にしてしまったのは、工場の青年を思い出したからに違いない。鬼塚のような男にずっと居候されている今の自分を見たら、なんて言われるだろうと考え、これではまるで田舎から都会に出てきて身持ちを崩してしまった女のようだと思った。

無垢《むく》だった頃に思いを寄せていた相手には、いつまでも昔の自分を覚えていて欲しいものだ。ジゴロに身を捧げ、都会に染まって汚れた姿など、見られたくはない。

馬鹿なことを考えている自覚はあったが、葉山は自分の気持ちがわからず、しばらくじっとしていた。

それから数日、鬼塚はアパートに帰ってこなかった。きちんとお礼を言わないままでいるのもすっきりせず、葉山はいつしか鬼塚の帰りを待つようになっていた。

しかし、まったく姿を見せないというわけではない。葉山が例のごとくバイトの帰りにチンピラに絡まれた時など、突然現れて正義の味方のように葉山を助けてくれるのだ。そして「嫌な時ははっきり嫌と言え」と説教をしてまたどこかへ行ってしまう。

まさかずっと葉山を監視していたわけではあるまいし、どうしてタイミングよく現れるのだろうと不思議に思う。偶然ならすごい確率だ。もしかしたら、野性の勘かもしれない。

あまりにもワイルドすぎる鬼塚なら、あり得ることだ。

「もう、帰ってこないのかな」

葉山はポツリと呟いた。少し前までは喜ばしいことだったのに、信じられない。工場の青年の顔が脳裏をよぎるが、すぐに鬼塚の顔に取って代わった。

しばらくぼんやりし、そろそろ夕飯を食べなければと重い腰を上げたところで、玄関のほうでガタガタと音がしてくる。心臓が大きく跳ね、葉山は急いで玄関に走ってドアを開けた。

「お、鬼塚さん」

「よぉ。今帰ったぞ〜」

まるで自分の家のように帰ってくる鬼塚を、なんの迷いもなく中に入れる。しかし次の瞬間、恋焦がれる相手を待っていたかのような気持ちでいた葉山は、突然現実に引き戻された。

（う、臭い……）

何をしていたのか、鬼塚はゴミ袋の山から拾ってきた時と同じ臭いを発していた。間違いなく生ゴミの中にダイヴしてきただろうという強烈さで、しかも蠅が一匹、鬼塚とともに部屋に入ってきてそこらじゅうを飛び回る。

「あの……どうしたんですか」

まさか葉山に絡んだチンピラが報復にでも来て何かされたのかと思ったが、どうやら喧嘩が原因ではないようだ。確かに薄汚れているが、傷などはない。

「ちょっといろいろあってな、もう三日も風呂に入ってねぇ。風呂借りていいか」

「ど、どうぞ。あの……ご飯食べますか？」

「おー、頼む」

蠅とともに風呂場に消えた鬼塚を見て、やっぱりすごい人だと感心した。冬でも一晩風呂に入らないだけで気持ち悪いというのに、この真夏に三日も風呂なしで彷徨《さまよ》っていたなんて、何をしていたんだろうと思う。

葉山はしばらく唖然《あぜん》としていたが、腹を空かせている鬼塚のために料理することにした。早炊き機能でご飯を炊き、大量の味噌汁を作り、野菜炒めや卵焼きなど冷蔵庫にあるだけの食材を使っておかずを用意する。たいしたことはできないが、量だけはたっぷりだ。

鬼塚が風呂から出てくる頃には、ちゃぶ台の上は随分と賑《にぎ》やかになっていた。

「あー、すっきりした」

パンツ一枚で出てきた鬼塚は相変わらずの肉体美で、石鹸《せっけん》の匂いを漂わせており、先ほどとは雲泥の差だ。一緒に風呂場に消えた蝿の姿も、今はない。

「三日喰ってねぇんだ。あ〜、腹減った。いただきます」

「ど、どうぞ」

鬼塚は、炊飯器を開けるとどんぶりに山ほどご飯をついでガツガツと食べ始めた。あまり行儀がいいとは言えないが、その食べっぷりは育ち盛りの少年のようで見ていて気持ちがいい。

まさに、野性的。

蝿までたかっていた男が、今はどんな男よりも魅力的に見える。

（綺麗にしてたら、格好いいのに……）

葉山は、自分が作った料理を掻き込んでいる鬼塚をじっと見ていた。半分はその食欲に圧倒されてのことだが、あとの半分はその男振りに見惚れていたのは間違いない。部屋は散らかすし、放っておくと風呂は入らないし、とんでもなく迷惑な居候だということに変わりはないが、なぜか見てしまう。見たくなってしまう相手だ。

それが、憧れなのか別の感情なのかはわからない。

そうしている間にも、おかずの皿は次々と空になっていき、山盛りだったはずのご飯もあっという間に鬼塚の腹の中に消えた。それだけでは終わらず、もう一度どんぶりにご飯をよそって残りのおかずに箸を伸ばす。

たくさんあった夕飯がなくなるまで、十五分もかからなかったかもしれない。

「あ〜、旨かったぞ。ごちそーさん。三日ぶりの飯は旨いな」

鬼塚が食べ終えると、葉山は食器をすべて重ねてシンクまで持っていった。鬼塚のほうはというと、冷蔵庫の中の麦茶をコップ三杯一気に飲んだあと換気扇を回しながらタバコを吸い始める。旨そうにタバコを吹かす鬼塚の横顔は魅力的で、葉山は食器を洗いながら、何度もその横顔を盗み見てしまっていた。

見てはいけないと思いながらも、つい視線を向けてしまう。特に無精ひげの生えた顎《あご》からもみ上げのラインが男臭くて、見えない力に吸い寄せられるかのように視線を奪われてしまうのだ。

「なんだ?」

「あ……っ、……いえ」

葉山は慌てて視線を逸らすと、洗い物を全部終わらせて部屋に戻った。しかし、鬼塚が自分を見ているのが気配でわかる。振り返ると、鬼塚はタバコの火を水道の水で消してからゴミ箱の中に入れているところだった。

(ど、どうしよう……)

鬼塚が、台所からゆっくりと部屋の中に入ってくる。目を合わせたまま逸らすこともできず、葉山は畳の上に座ってその様子をじっと眺めていた。

「したいのか？」

「え……っ」

「そんなにねちねち見られたら、俺もさすがに火がついちまうよ」

「ね、ね、ね、ねちねち、なんて……見て、ま……せ……」

反論するが自信はなく、物欲しげな目で鬼塚を見ていたかもしれないという思いから最後のほうはほとんど声になっていなかった。その反応が鬼塚を喜ばせたようで、フェロモンを垂れ流しながら近づいてくる。

「見てただろうが」

「ちが、そん……な、こと……」

「したいんだろう？」

「ちが……」

すぐ目の前まで鬼塚が来ると、葉山は息を呑んだ。滴る男の色香にあてられ、じっと見上げていることしかできない。しょうがない奴だと言わんばかりの目は優しげで、同時に色っぽくもある。

「俺は、いつだってプッシーちゃんに突っ込みてぇって思ってるんだぞ」

「な、な、な……っ」

「一応居候だしなぁ、ご奉仕しねぇとバチが当たる」

あからさまずぎる言い方に、なんてことを言うのだろうと半ばパニック状態だ。しかも、鬼塚は引き出しの中にある救急箱を漁り、その中から虫刺され用の軟膏を取り出すではないか。

何に使うかなんて、言われずともわかる。

ドキドキしてくるのは、怖いからなのか、それとも別の原因があるからなのか――。

「あの……っ」

鬼塚が跪くのと同時に後退るが、ちゃぶ台に背中が当たってしまい、それ以上下がることができなかった。

「どうして欲しい？」

顎に手をかけられて上を向かされると、葉山は何かに取り憑《つ》かれたように鬼塚を凝視していた。間近で見ると、いっそうその男振りがわかる。日本人にしては彫りの深い顔立ちは、まさに野生の王者を思わせる凛々《りり》しさがある。

生温いところにいる男の顔ではない。命懸けで何かをしてきたような、力強さを感じるのだ。

喉《のど》が渇き、葉山は無意識のうちに唾を呑んでいた。すると、鬼塚は赤い舌先を覗かせて舌なめずりをする。最高のご馳走を前にしたような仕草に、このまま生贄《いけにえ》になっていいとすら思った。葉山の中では、鬼塚とセックスをするのは高貴な者に自分を捧げるのと同じだった。

身も心も、すべて捧げる。

「また、イイコトしてやるよ」

唇が重なる瞬間、鬼塚は動きを止めて葉山の反応を窺った。突き飛ばそうと思えばできたのに、葉山はそうしなかった。待っていたのだ。

早く、自分の唇を奪って、吸って欲しい。

荒々しいキスで、心まで蕩《とろ》かせて欲しい——。

その願いが通じたのか、鬼塚の唇が重ねられる。

「ん……っ」

目を閉じた瞬間、頭の後ろに手を回されて濃厚に口づけられる。舌が口内に入り込んできて、容赦なく嘗め回された。こんなに激しいキスがあっただろうかと思うほどで、すぐに息があがってしまう。

「……んん、……んぁ、……ぁ……っ」

葉山は、いつしか夢中になっていた。促されるまま舌を差し出し、慣れないながらも応え、自分からも求める。

唇が離れていくと、葉山は名残惜しそうな視線を向けずにはいられなかった。もう終わりなのかと、物欲しげに誘ってしまう。すると鬼塚は、そんな葉山の願いをすべて見抜いているような目をしてこう言った。

「早く突っ込まれてぇか?」

「……っ」

「俺は今すぐにでも突っ込みてぇぞ」

ゆっくりと畳の上に押し倒され、素直に応じた。甘い期待に、深く酔ってしまっている。

（鬼塚さ……）

葉山の頭の中に、工場で働いていた青年の存在はない。鬼塚が来てからというもの常に心の支えのように思い出していたのに、今は目の前の男だけを見ていた。

「ん……」

畳の上に仰向けになった葉山は、その背中に腕を回して力を籠めた。

盛り上がった背筋は、鬼塚が動く度に卑猥《ひわい》に動く。手のひらで確かめるように触れていき、自分を力強く攻めてくれるだろう腰に辿り着くと、無意識にそこばかりをなぞってしまう。

「細ぇ躰だな。こんなちっこい躰で、バイトの掛け持ちなんかして、よくもつな」

「いっぱい、……はぁ……、は、働かなきゃ、……っ、兄さんと約束した……んです。ちゃんと、自立するって」

「兄ちゃんとの約束を、守ってんのか？」

「……っ、そ、……そう、です」

「それは妬《や》けるな。俺は頑張り屋と素直な奴は、好きなんだ。いそうでなかなかいない。しかも、お前みたいな純粋なのはめずらしいぞ」

まるで働き者の葉山をいたわるように、優しい愛撫《あいぶ》は次第に濃密さを帯びてくる。

「いつも頑張ってるご褒美に、こいつでたっぷり、可愛がってやる」

「あぁ……」

下着の上から屹立《きつりつ》を握らされ、耳の後ろに唇を這《は》わされただけで震えるほど感じ、鬼塚の言葉に答える代わりに目を閉じて指を喰い込ませた。それだけで察してくれたようで、鬼塚はすぐさま葉山のズボンに手をかける。

「ほら、腰を浮かせ」

言う通りにし、下着ごとそれを脱がせる鬼塚に協力した。下半身を露《あら》わにされ、羞恥でどうにかなりそうだ。けれども、こんなのは序の口だとばかりに、鬼塚は軟膏を塗った指で葉山の蕾《つぼみ》を探る。

「――っく、……ぁあっ」

息がつまりそうだった。上手く呼吸ができず、小刻みに吸ったり吐いたりを繰り返すことしかできない。息が切れて頭がぼんやりしてくるが、擦られているうちにむず痒《がゆ》くなってきて、葉山は鬼塚の指に意識を集中させていた。

「……ぁ、……っく、……は……、ぁ……っ、ぁあっ」

「どうだ？　気持ちよく、なってきたか？」

「んぁあっ」

苦痛は消え、代わりに姿を現したのは言い知れぬ快楽だ。指を二本に増やされても、ひとたび昂《たか》ぶった葉山はいっそう熱くなるだけで、苦痛の片鱗《へんりん》すら感じない。

「んぁあ、あ、はぁ……っ」

信じられなかった。葉山が感じているのは、こんな快楽がこの世にあったのかと思うほど凄《せい》絶《ぜっ》なものだ。自分がどんなに浅ましく後ろをひくつかせてねだっているかわかっているが、求めずにはいられない。

「ここか?」

「あ、あ……、……んぁ、あっ」

「尻で俺を咥《くわ》えてくれるか?」

あからさまな言い方に顔を背けるが、そうすると戯れに耳朶《みみたぶ》を噛《か》まれる。

「そういう反応が、可愛いんだよ」

「――ぁ……っ」

優しく指を引き抜かれ、十分にほぐれた蕾に屹立を押し当てられた。葉山の蕾を掻き分けるように先端をねじ込まれて息をつめる。しかし、そこは鬼塚とのたった一度の経験を覚えていたようだ。待ち望んでいたというように、自ら進んで熱の塊を呑み込んでいく。

「あ……、――っく、……ぁあっ!」

容赦なく引き裂かれ、葉山は顎を仰け反らせながら唇を震わせた。繋《つな》がった部分が、熱くてたまらない。鬼塚の太さに躰が歓喜し、打ち震えずにはいられない。

無意識に膝を閉じようとして鬼塚の腰を締めつけたが、その動きを制することなどできず、逆に鬼塚の牡の部分を刺激してしまう。

「なんだ、入ってきて欲しくないのか？」

「あっ」

「こんなに締めつけやがるのに、それはねぇだろう？」

この行為を存分に愉しんでいる鬼塚の言葉に、葉山はますます羞恥を煽《あお》られる。

「待……っ」

「どうした？　待ってほしいのか？」

「……っく、……ぁ……、……待……っ、――あ！」

「待って、欲しいのかと、聞いてるんだ」

葉山は声を出すまいと唇を嚙みながら、何度も無言で頷いた。しかし、鬼塚は行為を中断しようとはせず、呆れたように言う。

「違うだろう？　待って欲しいんじゃなく、もっと突いて欲しいんだろうが」

揶揄《やゆ》され、葉山は目から涙を溢れさせながら深く思い知った。

信じたくないが、鬼塚の言う通りだ。

待って欲しいのではない。もっと激しく突いて欲しいのだ。ようやくそれを自覚するが、素直に認めることができずに唇を噛んで視線を逸らす。すると鬼塚は、葉山の膝を抱えてさらに奥へと侵入してきた。

「ぁあっ、あっ、あっ！」

鬼塚の先端が、何度も最奥に当たる。もう、恥も外聞もなかった。己の奥から次々と溢れ出てくる欲望に従うだけだ。快楽の渦は、あっという間に葉山を呑み込んでしまう。溺《おぼ》れまいとしても、どうにもならない。

「可愛いぞ。うさぎみたいに、震えてやがる」

「んぁ、あ、……はぁっ、――や……、ぁ……、……ぁあっ、あ」

「まったく、いい尻だ」

鬼塚がクッと笑うのが耳元で聞こえ、滴る男の色香に背筋がゾクゾクとなった。男がこんな褒められ方をして悦ぶなんてどうかしていると思うが、否定しようのない事実だ。

「や……ぁ、あ、あ……、……もう、もう……っ」

葉山は、無意識のうちに限界を訴えていた。すると、絶頂を促すようにさらに動きは激しくなり、高みに連れていかれる。

「俺を、受け止めろよ」

「――っく、……ぁ……っ、はぁっ、あ、――ぁぁあああ……っ！」

自分の奥で熱い迸《ほとばし》りを感じるのと同時に、葉山も白濁を放った。射精感はいつまでも続き、葉山は鬼塚にしがみついたまま細い躰をビクビクと震わせていた。痙攣がようやく治まってくると、ゆっくりと躰を弛緩させる。

重ね合った躰は男同士とは思えないほどしっくりときて、葉山は汗ばんだ鬼塚の躰を抱き締めながら、微《かす》かに香る体臭を吸い込んでその存在を噛み締めるのだった。

3

「お疲れ様ぁ～」

コンビニのバイトが終わって控え室で着替えていた葉山《はやま》は、同じバイトの金丸《かなまる》に声をかけられ、ビクッとなって顔をあげた。自分より歳下の女の子におどおどするのもどうかと思うが、静かなところで少し大きな音を聞かされただけで驚いたりするのだ。

気をつけていればどうにかなるものでもない。

「お、お疲れ様です」

「何、葉山。今日はデート？」

「えっ」

「そわそわしながら帰る準備してたからさ」

「こいつに女がいるわけないじゃん」

横から岡田《おかだ》が茶化してみせる。だが、本当の目的は葉山ではなく、金丸にすぐ絡みたがっているだけだ。すぐに喧嘩を吹っかけるのは岡田の悪い癖だが、金丸のほうも簡単に乗る。

「何その言い方。葉山にだって彼女くらいいるかもしれないじゃん。自分がいないからって葉山までいないって決めつけないでよ」

いつものように喧嘩を始めた二人を見て、葉山は慌てた。オロオロするばかりでなかなか言葉にならず、それがますます葉山をパニックに陥れてしまう。

「あ、あ、あの……喧嘩は、……しないほうが」

その様子を見た二人は、呆《あき》れた顔をしてから喧嘩をやめた。いつも葉山を庇《かば》う金丸も、葉山のためを思うなら何も言わないほうがいいと思ったのだろう。

「も〜、そんなんだからすぐお客に絡まれるのよ」

「す、すみません」

「謝らなくていいのに。そんなに弱気だと苦労するよ？　まぁ、言って直るものならもう直ってるか。それより、早く帰らなくていいの？　急いでたんじゃないの？」

もう喧嘩はしないから、と最後に言われ、岡田を見るとこちらも「しないよ」という顔をしていた。自分がいるほうが邪魔な気がして、そそくさと帰る準備をする。

「じゃあ、あの……お疲れ様、です」

小さく言い残し、葉山はタイムカードを押して店をあとにした。

今日は土曜日だったため、アルバイトはコンビニだけだったが、いつも以上に疲れている。

原因はもちろん、鬼塚《おにづか》との濃厚な一夜だ。

生ゴミの中で行き倒れていたり、蝿《はえ》を従えて帰ってきたりする男は葉山の何倍もタフで、許してくれと懇願するまで愛された。しかし不思議なもので、もう無理だと音を上げる一方で、ずっとこうしていて欲しいという気持ちがあったのも事実だ。十分だと思うほど愛されても、どこかで貪欲《どんよく》に求める自分がいる。それは、不思議な感覚だ。

こんなに誰かと肌を合わせることにのめり込んだことはない。

（あんな人、初めてだ……）

改めて鬼塚への気持ちを認識しながら、改札を通る。

電車がホームに入ってくると、人波に押されるようにしてそれに乗り込み、車両の真ん中付近に立ってつり革を握った。そして、窓に映った己の顔を目にした葉山の心に、どうして自分なのかという疑問が湧き上がってくる。

地味で、特別顔の造りがいいわけでも色気があるわけでもない。いつも俯《うつむ》き加減で、満足に他人と目を合わせることすらできない。両親や兄は可愛がってくれたが、要領の悪い劣等生で、友達もほとんどいない。

それに比べて鬼塚は、生命力に溢《あふ》れていて、肉体美もさることながらはっきりした顔立ちの男前だ。何をしているのか、時折とんでもない臭いを漂わせながら帰ってくることもあるが、そんなことは打ち消してしまうほどの魅力がある。

電車に揺られながらそんなことばかりを延々と考え、段々と気持ちがマイナスに向いていく。

（鬼塚さんは、どうして俺なんか……）

葉山の悪癖だった。

なんでも悪いように取ってしまい、すぐに自分が不幸に見舞われる妄想をしてしまう。臆病すぎて、まるで心の準備をするかのようにネガティブな妄想をしてしまうのだ。

そもそも葉山は、鬼塚がどこの誰なのか知らない。知っているのは名前くらいで、本当の名前かどうか免許証などで確かめたわけでもなかった。

もし、今ふらりといなくなったら捜しようがなく、言い方を変えれば、鬼塚はいつでも葉山を捨ててきっぱりと縁を切ることができる。

鬼塚を信じていないわけではないが、元来の臆病な性格がそんな妄想を呼び起こし、加速していく。

(鬼塚さんって、何をしてる人なんだろう)

テロリストの可能性を疑ったりしたこともあったが、痴漢から守ってくれたりバイト先のコンビニで若い連中に絡まれた時に助けてくれたりしたことを考えると、さすがに悪党と決めつけるのはよくない気がした。かといって、葉山の妄想癖はそう簡単に抑えられるものでもなく、新たな可能性を想像してしまうのだ。

ああ見えて、実はとても有名な人か偉い人で、自分などが近づいていい相手ではないんじゃないかという思いが頭をもたげた。さらに今誰かに捜されていて、執事か奥さんのような立場の人間がいきなり現れて鬼塚を連れていく。

それだけではない。手切れ金を渡され、二度と会わないと自分から鬼塚に別れを切りだすよう強制されるのだが、それを実行して金を受け取った葉山は、覆面をした男たちに連れ去られてしまう。

貰《もら》った手切れ金はどこかに消え、誰も来ない山の奥で自分の死体がひっそりと朽ち果てていくところまで想像してしまい、ぶるっと身震いした。

（ひ、人知れず、殺されるなんて……い、嫌だ……っ）

今のうちに荷物をまとめてどこかへ逃げたほうがいいのかもしれないと思い、どうすれば安全に逃げられるかなんて計画を考え始めてしまう。

しかし、なんでもマイナスの方向に考えてしまうのは、自分の悪い癖だと、葉山は頭を振ってその考えを追いやった。

勇気を出して、どこの誰だか聞けばいいのだ。そうすれば、きっと安心できる。あんなに濃厚な一夜を過ごした相手だ。きっと鬼塚は教えてくれるだろう。

葉山は己の妄想に負けそうになりながら、目に涙をため、電車を降りて自分のアパートへ向かった。足早になってしまうのは、怖いからだ。早く鬼塚に真相を聞いて安心したい。

しかし同時に、怖くて聞けないかもしれないという思いもあった。

何度も勇気が萎《な》えそうになりながらも、なんとかアパートまで帰ってくることができたが、自分の部屋が見えてくるとドアの前に人が立っているのに気づく。

（あ……）

丁度葉山の部屋の前の廊下の電気が切れているため暗くてよく見えないが、スーツを着た男性だというのはわかった。背筋のピンと伸びた立ち姿は、仕事に疲れたサラリーマンというより、優秀なエリートといった風情だ。

電車の中でした妄想が一気に蘇《よみがえ》ってきて思わず立ち止まり、そして一歩後ろに下がる。

（も、もしかして……ここ、殺し屋……？）

完璧な人間を思わせるシルエットは、冷酷非道な人物を彷彿《ほうふつ》とさせた。眉《まゆ》一つ動かさず引き金を引き、葉山を殺す男の姿が容易に想像できる。

逃げなければと自分に言い聞かせるが、あまりの恐ろしさに微動だにできずに立ち尽くすだけだ。葉山が命の危険を感じながら突っ立っていると、その間にもスーツの男は葉山の姿に気づいてアパートの階段を下りてくる。

ますます恐怖が湧き上がってきて膝が震えたが、次の瞬間、その耳に予想だにしない単語が飛び込んできた。

「悟《さとる》っ」

親しげに下の名前を呼ぶ、聞き覚えのある声。

それは、子供の頃から馴染みのある声だった。昔はもっと高かったが、変声期を迎えてからは、今の声になった。子供の頃から、葉山のことをずっと『悟』と呼んで可愛がってくれた人物──。

「に、兄さん……っ?」

思っていたのとは百八十度違う展開に、葉山は口をポカンと開けて忠《ただし》が近づいてくるのを見ていることしかできなかった。殺し屋ではなかったという安堵も、大好きな兄に会えた喜びのどちらも感じる余裕もなく、突然の兄の来訪にただただ驚くばかりだ。

しかし、忠が目の前まで来るとようやく落ち着くことができ、自然と笑みが漏れる。

「久しぶりだな」

「うん。兄さん、元気だった?」

忠は、葉山が緊張せずに話ができる数少ない人間の一人だ。頼りになる兄で、葉山と違って優等生だが、傲《おご》ったところがない。

傾きかけた旅館の経営を立て直すために経営コンサルタントの勉強をした忠は、旅館の営業のことを任されている。旅行代理店に営業をして大口の仕事を取ってきたり、インターネット専用の予約サイトと提携してプランを打ち出したりして、新規顧客の獲得に随分と貢献してきた。また、大掛かりな改装をしてサービスを充実させたのも忠の案で、葉山の実家の旅館が盛り返してきたのも、間違いなく忠の力があったからこそと言っていい。

血が繋《つな》がった兄弟なのに、気が弱くて要領の悪い葉山とは正反対で顔も似てないが、葉山は忠が大好きだった。

「どうしたの？　いきなり」

「仕事で用事があって来たんだ。元気そうだな。ちゃんと頑張ってるか？　弱音なんて吐いてないだろうな」

「うん、頑張ってるよ。兄さんの言う通り、ちゃんと自立できるように、頑張ってる」

「そうか。弱音を吐いて実家に帰りたいなんて言うかと思ったけど、そんなことじゃ駄目だからな」

「うん。わかってる」

「それならいいんだ。ほら、お土産《みやげ》」

「あ、ありがとう」

それは、葉山の実家のすぐ近くにある和菓子店の羊羹《ようかん》だった。子供の頃から大好きで、祖父母の家に行く時は、必ずここの和菓子を手土産に持っていったものだ。

「ここの羊羹好きだろう？」

「うん。大好き」

頭を撫《な》でられ、子供のように嬉しくなる。昔から、忠はよくこうして葉山の頭を撫でてくれた。年齢が五つ離れているが、もっと離れている気がするのは、それほど忠がしっかり者だからだろう。葉山の両親も、忠のことは本当に頼りにしている。

「一緒に食べよう」

アパートの階段を上がって部屋の前まで来ると、鬼塚がいないかどうか先に確認してから、忠を中に入れた。少し散らかっているが、居候がいるとはわからない程度には片づいている。洗濯物も、昨日畳んだばかりだ。

鬼塚が生活している痕跡は、ほとんど見られない。

「ちょっとそこに座ってて。今、お茶を淹《い》れるから」

葉山は台所に行ってお茶の準備を始めたが、茶筒をひっくり返してしまった。慌てて床に零したお茶っ葉を集めているうちに沸いたお湯が吹き零れてしまい、何からしていいのかわからなくなる。

するとそれを察したのか、忠が様子を見に来て、オロオロしながら零した茶っ葉を片づけている弟を見て呆れたように笑う。

「ほら、貸してみろ。お前は相変わらず不器用だな」

てきぱきとお茶の準備をする忠を、葉山は突っ立って見ていることしかできなかった。あっという間に準備を終えた忠は、そんな葉山を見て優しく笑う。

「用意できたぞ」

「ありがとう」

ちゃぶ台の前に向き合って座ると、さっそく羊羹に手をつけた。ほんのりと甘く、優しい味がするそれは、昔から大好きだ。懐かしい味にじんわりさせられ、忠の淹れた熱いお茶に幸せを感じる。

「でも今日はどうしたの？　仕事って、旅行代理店回りでもしてきたの？」

「ああ、今日は違うんだ。実はさ……」

改まった態度に少し身構え、葉山は思わず湯呑みを置いて正座をして忠に向き合った。

何を言われるのだろうと思うと、緊張してしまう。

「お前のところに、鬼塚って人が居候してるだろう」

「！」

心臓が止まるかと思った。

なぜ、自分の兄が鬼塚の存在を知っているのか。しかも、名前まで知っている。

ほんの今まで、久々に忠と会えた嬉しさで浮かれていたのに、一気に叩《たた》き落とされた気分だった。これはもう、鬼塚との関係がバレてしまったと思っていいだろう。

なぜ遠くにいる兄がそれに気づいたのかはわからないが、優秀な忠なら不出来な弟の素行を把握することなど簡単だろうと一人納得し、兄として男に現《うつつ》を抜かした弟に説教をしに来たのだと決めつけてしまっていた。

老舗《しにせ》旅館の息子がゲイだなんて、客商売を営む立場としては命取りになりかねない。

「あの……、その……」

なんて言っていいのかわからず戸惑っていると、忠は仕方ないという顔をしてから、一冊の雑誌を葉山の前に出してみせる。

「この人なんだけど」

それは、ある有名ファッション雑誌だった。ファッションだけではなく、様々な文化についての特集記事もあり、幅広いジャンルを取り扱っている。なぜこんな物を……、と思って見てみると、表紙に書かれてある『溶接アート』という言葉が目に飛び込んでくる。

この号での特集記事のようだ。

見るよう促されて手に取り、もくじを見てから該当のページを探した。そして、大きな写真が載ったページで手を止める。

（え……）

『アトリエONIAN』と書かれてあった。

段々畑と山に囲まれた自然の多い場所に、木造の倉庫のような建物。黒っぽい壁は古民家に使われていそうな渋い木材で、緑に包まれた自然の中ではひときわ存在感のある建物だった。

中の様子も写真に収められているが、アトリエというより倉庫といった感じだ。

そこに写っていたのは、紛れもなく鬼塚だった。記事にも『鬼塚半蔵《はんぞう》』と書かれてある。

「この人のこと、知ってるだろう？」

「これ……誰？」

「鬼塚半蔵って芸術家だ。『溶接アート』ってのをやってる。実は兄さんな、この人を捜してたんだよ」

自分たちの関係がバレているわけではなかったのだとわかるが、葉山が感じているのは安堵とはほど遠い感情だ。

貪《むさぼ》るように芸術家・鬼塚半蔵に関する記事を読み始める。

これまで何度も自分が不幸になる妄想をしてきた。しかし、あまりに極端な発想だったからか、妄想通りにならないことも多かった。

けれども、今回は違う。

鬼塚は、知る人ぞ知る芸術家だった。溶接アートといわれるもので、鉄を使ったオブジェを多く手がけており、海外での評価も高いと記事に書かれてある。

特にフランスでの注目度は飛び抜けているというのには、驚いた。

また『鬼塚半蔵』には放浪癖があり、作品を一つ作るとすぐにどこかへ消えてしまい、しばらく連絡が取れなくなるのだという。希少なことも手伝い、このところ作品の評価額はかなり高くなっている。

葉山のところに居候をしているのは、まさに放浪中の鬼塚なのだ。

(本当に、すごい人だったんだ……)

ほとんど思考停止状態でどうしていいかわからず、葉山は記事をすべて読み終えても呆然《ぼうぜん》としていることしかできなかった。忠がいるのに、取り繕うことすらできない。

「放浪癖のある人だったから、捜すのは本当に大変だったんだ。足取りもまったく摑《つか》めなくて親しい芸術家仲間に居所を聞いたり、探偵に頼んだり、本当に大変だった」

「兄さんは、どうして鬼塚さんを、捜してるの？」

「うちの旅館で、この人の個展をやりたいんだよ」

「個展……？」

上の空で返事をすると、忠はことのいきさつを説明する。

話によると、実家の旅館も参加している女将《おかみ》組合で、この不況を乗り越えるための話し合いが行われたのだという。その結果、旅館同士で競い合うのではなく、街全体で客を呼び込もうとあるプロジェクトが開始された。

それは、集客のためのイベントのようなもので、日本の芸術を世界に広めようと、ジャンルを問わずに色々な芸術家の個展を海外でプロデュースしている若手の敏腕プロデューサーとコラボレーションするというものだ。以前にも、過疎化が進んだある田舎で、町全体を美術館に見立てて若い芸術家たちの作品を展示し、観光客を呼び込んで成功したケースがある。

今回の企画では旅館のロビーを使い、同じ時期に各旅館が日本の才能ある芸術家を呼んで個展を開催する。

そこで、葉山の旅館が選んだのが鬼塚だ。

鬼塚に白羽の矢が立ったのは、プロデューサーが提案してきた芸術家リストの中にたまたま入っていただけで、単なる偶然のようだ。

「この人なら人を呼べる。しかも海外での評価が高いなんて、理想通りだ。今は国内からの観光客がほとんどだけど、ゆくゆくは海外からの観光客も呼び込みたいと思ってたんだ。これほど、うってつけな人物はいない。それに、鬼塚さんにとっても自分を売り込むいいチャンスなんだ」

忠がこんなふうに力説するなんて、めずらしいことだった。それほど意気込みがあるということでもあり、鬼塚がどれほどの期待を寄せられているかわかる。

すでにフランスでは、若者を中心とした根強い人気があるのだ。

海外旅行すら行ったことのない葉山にとっては、別世界のような出来事だった。

「な、悟。ここにいるんだろう?」

葉山は、黙って頷《うなず》いた。すると、忠は安堵したように胸を撫で下ろす。

「やっぱりそうか。今日会えるか?」

目を生き生きとさせる忠を見て、葉山は俯かずにはいられなかった。華やかな世界を遠くから見ていることしかできないシンデレラは、こんな気分だったのだろうかと想像する。

おとぎ話の主人公は魔女が魔法をかけてくれるが、現実ではそんなことはあり得ない。しかも自分は、着飾れば輝く原石のような美しい女性ではなく、貧弱な躰《からだ》つきをした根暗で臆病なフリーターだと思い、ますます寂しい気持ちになった。

「いつも帰るとは、限らないから」

「そうか。じゃあ、帰ってきたら連絡くれるか？　今日は最終で帰るけど、いつでも飛んでくるから。頼むよ」

「……わかった」

忠の頼みを断るなんてできるはずもなく、葉山はとりあえずそう答える。だが、ほとんど上の空で、座っているのがやっとだった。

忠が帰った後、葉山は頭を冷やそうと夜の散歩に出た。

空には星が出ており、溢れんばかりの月の光が辺りに浮かんでいる薄雲を照らして美しい影絵のように見えた。夏もそろそろ終盤といったところで、どこからか気の早い鈴虫の音色が聞こえてくる。閑静な住宅街は夜の散歩をするには丁度よかったが、夜道を歩きながら考えることはネガティブなことばかりだ。

「俺が、好きになっていい人じゃ、なかったんだ……」

ポツリと呟《つぶや》き、肩を落とす。

こんなに好きになっていたなんて、思っていなかった。

最初は、ただ怖いだけだった。行き倒れていた時は、報復が怖くて連れ帰っただけだ。あり得ないほど臆病で、尋常ではないほどの妄想癖がある葉山は、自分が何かされるんではないかという恐怖でいつもビクビクしていた。

けれども、今は違う。

いつの間にか鬼塚に惹かれ、目で追い、見惚れてばかりだ。長身で筋肉質の鬼塚は、葉山とまったく逆のタイプで、地味で一つ一つのパーツが自己主張しない葉山とは違い、目鼻立ちもはっきりしていて憧れる。

しかし、外見的なものにとどまらないものがあるからこそ、こんなに胸が痛むのだ。

葉山がピンチになると、鬼塚はいつも助けてくれた。そして、いつも「言いたいことははっきり言え」と説教をし、葉山の駄目なところを指摘してくれた。葉山が嫌いなピーマンを大量に持って帰ってきた時は、嫌いだと言ったにもかかわらず、大きくなれないから食べろなんて言って厳しいところを見せた。

泣きそうになりながら必死で苦手なピーマンを食べたことも、今思うとそう嫌な思い出ではない。何より、少しだけだがピーマンを食べられるようになったのだ。

滅茶苦茶な男だが、鬼塚には温かみを感じる。ただ優しいだけの男ではなく、駄目なところは駄目だと指摘し、苦手なものを克服した時は褒めてくれる。

鬼塚とのそんなやり取りを、なぜか心地よく感じ始めていたのは間違いない。

「いつまでも、俺のところにいるとは……限らないいんだよな」

自分に言い聞かせるように呟いてしまうのは、その時が来た時のために心の準備をしているからだろうか。

海外ですでに注目を浴びている鬼塚が、敏腕プロデューサーが企画する旅館とのコラボレーションで個展を開けば、評価はますます上がるだろう。日本文化を愛する外国人は多く、老舗旅館とあれば関心度も高いはずだ。

有名になっていく鬼塚の姿を想像すると、ため息が出た。本人にとっては喜ばしいことだろうに、素直に応援できない自分の心の狭さも、自信をなくす手助けとなっていた。

こんな自分は、捨てられて当然だとすら思えてくる。

（どうしよう……）

生温い風が、葉山の頬を優しく撫でた。日中はまだまだ暑く、こうして完全に日が落ちてしまっても熱気はあちらこちらに残っている。そろそろ夜風が心地よい季節になってきたが、いつまでも住宅街の中を歩き回っているのもどうかと思い、一度アパートに帰ることにした。

あまりウロウロしていると、不審者に間違われて職務質問されかねない。そんなことになったら、臆病者の葉山はきっと挙動不審になってますます怪しまれるだろう。

とにかく一度自分の部屋に戻り、勇気を振り絞って鬼塚に今日のことを言うのだ。そう心に決め、アパートのほうへと歩き出す。

しかしその時、葉山は前のほうから男が歩いてくるのに気づいた。長身でスタイルのいい男の影――。

それが鬼塚だと気づくのと同時に、葉山の勇気は一気にどこかに消え去っていた。その姿を見ると、好きだという気持ちが湧き上がってきて、反動で自分が望まないほうへ現実が動くのを想像してしまう。

(に、逃げなきゃ)

つらい現実から目を背けるように、葉山は踵《きびす》を返して走り出した。

「あ、おい!」

葉山の姿に気づいた鬼塚が追いかけてくるが、振り返りもせず全力で地面を蹴る。一度そうすると、何がなんでも逃げなければという気持ちになり、そのこと以外考えられなくなった。

勇気なんか出せるはずがない。

葉山は、ある一軒家の庭先に駆け込んで植え込みの中に身を隠した。息を殺そうとするが、全力で走ったせいで息があがっている。

(お願いだから、向こうに行って)

膝を抱えて座り込み、身を小さくしてじっとしたまま心の中で何度もそう繰り返した。今は、落ち着いて話せる自信がない。それなのに、無情にも葉山の願いとは裏腹に足音が近づいてきて、すぐ後ろで止まる。

「見つけたぞ～」

「！」

少しふざけた声が、頭上から降ってきた。

上を見ると、鬼塚が塀から身を乗り出して葉山のことを覗《のぞ》き込んでいる。その視線は優しげで、デキの悪い子供を見ているような目だった。鬼塚を凝視していた葉山は、胸が締めつけられる思いがした。

失いたくないという本音が奥から次々と溢れ、その気持ちは涙となって葉山の瞳を濡らす。かろうじて涙が溢れることはなかったが、目に涙がたまっているのは自分でもわかった。今にも零れ落ちそうだ。

「なぁ～に泣いてやがるんだ」

「そんなうるうるした目ぇしてっと、ここで押し倒すぞ」

「鬼、塚……さん、……あの……」

「相変わらず、かくれんぼが下手だな。隠れてるつもりでも、丸見えなんだよ」

一瞬、意味がわからず、葉山は鬼塚のことを凝視したまま動かなかった。思考が停止すると、躰のほうも止まってしまう。何が相変わらずなのかよくわからず、葉山はただ黙って鬼塚を見上げていることしかできなかった。

「工場を覗きに来てただろうが。ラジコン飛行機を壊されて泣いてたのは、お前だろう」

「……え？　──えっ！」

大事にしていた思い出の青年を思い出し、葉山は思わず声をあげた。すると、家の中から人の気配がして、窓が開く。

「お父さん、庭に誰か……、……──っ！　ど、泥棒ぉぉぉ──っ！」

中年女性の声が、夜空に響く。

「しまった。──来い！」

手を摑まれたかと思うと強く引っ張られ、二人は全力で逃げた。泥棒と言われたのは生まれて初めてで、生きた心地がしない。なんとか走ることができたのは、鬼塚が手を握って力強く引っ張りながら走ってくれたおかげだ。

一人だったら、立ち竦《すく》んで動けなかっただろう。

五分ほど走っただろうか。公園を見つけ、二人はそこに逃げ込んだ。全力でこんなに走ったのなんて久し振りで、葉山はヘトヘトで座り込む寸前だ。振り返っても二人を追いかけてくる人の気配はなく、ようやく安堵する。

「危なかったな。あんなところに隠れてるから泥棒に間違われるんだよ」

鬼塚は、繫《つな》いだ手を離そうとはしなかった。二人とも汗ばんでいるが、体温が伝わってきて、それは不快とは程遠い感覚だ。

「あ、あの……鬼、塚、さんは……、……あの……」

へろへろになりながらなんとか声を出すと、鬼塚はそんな葉山を見てニヤリと笑う。

「やっと気づきやがったか。つれない奴だな」

「だって、だって……、……あの人は……っ」

あの青年と鬼塚とは、まったく違うと言いたかった。髪の毛を短く刈り込んだ青年は爽《さわ》やかな印象があった。もちろん、蝿を飛ばしながらやって来るようなことも、生ゴミにまみれていることもなかった。

「俺は昔っからこんなだぞ」

「そ、そん……な、嘘、です」

「まぁ、確かに若かったし、ひげも毎日剃って髪の毛も短く刈り込んでたからな、見てくれは今よりもう少しすっきりしてただろうが、あれは俺だ。それに、あれから何年経ってると思ってるんだ？　多少外見は変わるだろう」

確かに鬼塚の言う通りだ。

まだ小学校二年生だったとはいえ、どうして気づかなかったのだろうと思った。顔をちゃんと覚えていなくても、ヒントはあった。

工場で飛行機を作ってくれた青年が使っていた、溶接という技術。それに加え、気弱な葉山に対する説教。あれを鬼塚が口にした時点で、ピンときてもいいはずだ。

もしかしたら、時間が経つにつれて思い出が美化されていたのかもしれない。自分の都合のいいように作り変え、理想像を押しつけていたとも考えられる。

けれども、葉山はいつの間にか工場の青年よりも、今の鬼塚のほうに惹かれていたのだ。ただ優しいだけじゃない。苦手なピーマンを泣きそうになりながら食べる葉山をさらにせっつくようなところがあるが、それを含めた全部が好きなのだ。

「しかし、これ見て気づかねぇなんて、お前も相当ボケてんなぁ」

鬼塚が持っていたのは、葉山が部屋に置きっぱなしにしていた雑誌だった。それを見て、葉山がどうして部屋にいないのか察したのだろう。

「ピンとこないところが、お前なんだろうなぁ。まぁ、そういうところもプッシーちゃんの可愛いところだけどな」

ニヤリと笑う鬼塚を見て、心臓がトクンと鳴る。

また、プッシーちゃんと言われた。

その呼び方は、嫌いではない。いや、むしろ自分のものだと言われているようで、嬉しいのだ。『愛』を感じる。

「大きくなったな」

頭を撫でられ、やはりあの時の青年だったんだと確信できた。この大きくて優しい手は、紛れもなくあの時の青年のものだ。

兄のように頼りになる存在だが、忠とは違う。もっと違う特別な存在。

「あの……いつから……俺が、あの時の子供って……き、気づいたん……ですか？」

「最初に突っ込んだ夜だよ」

「！」

はっきり言われ、葉山は一気に耳まで赤くなった。もっと違う言い方はないのかと思うが、直接的な言い方をするのが、鬼塚だ。

「下の名前聞いただろうが。あれでわかったんだよ。だけど、まさかあの臆病なちっちぇえガキが、こんなに成長してるとはな」

意味深な笑みを浮かべられ、ますます恥ずかしくなってくる。

「躰は相変わらず細っこいが、小せぇ尻で俺を咥《くわ》え込むんだもんな。もう立派な大人だな」

恥ずかしさに耐えきれず、葉山は両手で耳を塞いだ。

「や、やめてください」

「なんでやめるんだ？　本当のことだろう」

「だって……、……っ。き、聞きたく、な……」

鬼塚に背中を向けたが、手首を摑まれて耳から引き剝《は》がされる。そして、耳元に唇を押し当てるようにして低く囁《ささや》かれた。

「俺が大人にしてやっただろうが」

「……っ」

なんて卑猥《ひわい》なことを言うんだと、わなわなとなりながらゆっくりと振り返った。そして、そうしたことを後悔する。自分を見る鬼塚は滴るような色香を振りまいており、目を合わせただけで蕩《とろ》けそうだった。

「なぁ、しようか？」

「え、……あの……っ」

「やっと正体がわかったんだ。ここは愛を確かめ合う場面だろうが」

「え？　あ、ちょっと……っ」

躰がふわりとなったかと思うと、まるで荷物を抱えるように軽々と肩に担がれてしまう。植え込みを掻《か》き分けて芝生を敷きつめた場所に入っていく鬼塚に葉山は足をバタバタさせたが、躰にがっしりと腕を回されているためビクともしない。

「あの……、お、下ろして、くださ……」

「じゃあ、この辺にするか」

「わ……っ」

葉山の言った通り芝生の上に下ろしてもらったが、押し倒してくれとまでは言ってない。いきなり伸《の》しかかられ、葉山はオロオロするばかりだった。

「あの……あの……っ、……待……っ」

「大丈夫だよ。ここは立ち入り禁止だから、寝そべってりゃ誰にも見えねぇから」

そんなことはない、と反論しようとしたが、まるで魔法でも使われているかのようにあれよあれよと衣服を剝ぎ取られてしまう。

「……ぁ、……あの……っ、鬼……、——ぁ……っ」

草むらの中で聞かされる獣じみた鬼塚の吐息は、葉山から根こそぎ理性を奪い取り、とてつもなく深い愉悦の海の中に引きずり込むのだった。


芝生の上に横になった葉山は、身を固くしたまま鬼塚に背を向けていた。この公園に来て、一時間ほどが経つだろうか。『く』の字になったまま微動だにしないのは、外でしてしまったからだ。剝ぎ取った衣服は鬼塚がきちんと整えて元通りにしてくれたが、たっぷりと愛し合った証は、後ろに残る違和感として葉山の躰に刻み込まれている。

（外で……、外で……っ）

自分のしたことが、信じられなかった。

鬼塚は葉山の横に座り、涼しい顔でタバコを吹かしている。蝿を従えて帰ってくるようなワイルドな男だ。外で男とするなんて、鬼塚にとってはたいしたことではないのかもしれない。

しかし、葉山にとってはまさに一大事と言える。鬼塚と出会っていなければ、決してこんな経験はしなかっただろう。

「どうした?」

大きな手が伸びてきて、頭を撫でられた。指先が触れた瞬間、緊張でビクッとなってしまったが、そこには性的なものはなかった。大事なものに触れるような優しい手に、固くなっていた葉山は少しずつ躰から力を抜いていく。

そして、次第にその心地よさにリラックスしていき、完全に身を委《ゆだ》ねた。

「悪かったな。つい、我を忘れちまった」

「いえ……」

「お前があんまり可愛いから、歯止めが利かなかったんだよ」

鬼塚の言葉とは思えず、心臓が小さく跳ねる。

翻弄《ほんろう》されているのは自分のほうだというのに、葉山の何十倍も経験を積んでいるに違いない男が、そんな台詞《せりふ》を口にするのだ。照れ臭くて、そして嬉しくて、心が満たされた。

今までこんなふうに感じるほど、誰かを好きになったことはない。

心地よい鬼塚の手に、いつまでもこうしていて欲しいと思わされ、葉山はゆっくりと目を閉じた。

「鬼塚さんが、すごい芸術家だったなんて……びっくり、しました」

「別にすごくはねぇと思うぞ。日本ではまだまだ無名だしな」

「でも、フランスで、根強いファンがいるって。放浪してるのも、作品のためだって……書いて、ありました」

「ああ。出すばっかじゃな。いろんなもん見て、聞いて、触れて、感じて、外からの刺激を受けねぇと、インスピレーションが湧かねぇんだよ。俺は独学だから、なんでも経験するってことくらいしかできねぇから」

「じゃあ、たまにいなくなるのも……」

鬼塚が時々姿をくらまし、強烈な臭いを漂わせながら帰ってくることがあるが、あれも作品を作り出すためだったのかと、ようやくその真相が見えてくる。

「いつも、何を……してるんですか？」

目を開けると、目の前には青々とした芝生が広がっており、小さなてんとう虫がせっせとその上を歩いているのが見える。

「まぁ、色々だな。農作業手伝ってみたり、死んだバッタに蟻《あり》がたかってるのを見てたり、林の中のキノコが生長するのを眺めてたり、牛の交尾を見たり、魚市場で仕事を手伝ってみたり、遊んでるだけだよ。そういや間違って毒キノコ喰って、山の中で三日も動けなくなったことがあったな。あん時は死ぬかと思ったぞ。生で齧《かじ》ったのは、やっぱりまずかったな」

子供がするようなことに没頭していたのかと、葉山は驚きを隠せなかった。だが、そういう部分があるからこそ、他人から評価を得られる作品が作れるのかもしれない。

「やっぱり、鬼塚さんって……すごい人、なんですね」

尊敬の言葉しか出てこない葉山を見て、鬼塚が笑ったのが気配でわかった。

「そう言うけどな、俺が『溶接アート』なんてやろうと思ったのは、小さなガキんちょが、俺の作った飛行機を喜んだからだぞ。あれがきっかけなんだよ」

「え?」

顔を上げて振り返ると、鬼塚と目が合う。優しい笑みを見せた鬼塚は、タバコを口に運んで旨そうに味わい、遠くのほうに視線を遣《や》った。その表情は、先ほど見せられた色気の滴る捕食者のそれとは違い、未来をまっすぐに見つめながら夢を追う青年のもののようで、眩《まぶ》しさすら感じる。

「俺はな、芸術なんてもんとはまったく無縁だったんだ。だけど、あの時、自分が作ったもんを手にしてお前が喜ぶのを見て、嬉しかったんだよ。また喜ばせてやろうと思って、お前のためにまた玩具《おもちゃ》を作ったが、段々作ること自体が楽しくなってな……」

鬼塚は、昔を懐かしむように目を細めた。視線の先にあるのは、まだ子供だった葉山がいる夏の日のことだ。

壊されたラジコン飛行機の代わりに作った、鉄屑の飛行機。

実家のダンボール箱の中に、眠っている。

「工場が倒産したあと別の仕事を捜したんだが、鉄屑で何かを作る楽しさってのが手放せなくて、社長に頼んで機材を安く譲ってもらったんだよ。そして倉庫を借りてアトリエにした。貧乏でなぁ、野草齧りながら作品を作っていた時期もあった。だが、自分のやりてぇことを見つけられた。あんなちっこいガキに、人生を変えられたんだよ。お前が、俺の人生を変えたんだぞ」

まさか自分が他人にそんな大きな影響を与えていたなんて、驚きだった。意図したことではないが、葉山がいなければ、『溶接アーティスト・鬼塚半蔵』はこの世に生まれなかったかもしれない。

「プッシーちゃんのおかげだ」

「そんな……俺の、おかげ……だなんて……」

鬼塚はもう一度優しく笑い、大事な思い出がつまった箱を一つずつ開けていくように、ゆっくりと続ける。

「それとな、ずっとお前を捜してたんだぞ」

「捜してた……って、……俺を……？」

「気が小さくて、何度声をかけろっつっても、隠れながら中を覗くことしかできないガキのことが気になってなぁ。学校でも苛《いじ》められてんじゃねぇかって、いつも心配してたくらいだからな。まぁ、捜してたっつっても、具体的に何かしたわけじゃねぇんだ。放浪先で偶然再会できたらいいってくらいだが、時々思い出しては、どんな大人になってんだろうかとか、気弱な性格はちゃんと直ってるだろうかなんてことばかり考えてたよ」

そんなふうに思っていてくれたなんて、嬉しかった。

鬼塚は、苛められがちで言いたいことがなかなか言えない小さな子供が、ちゃんとやっているだろうかと気にかけてくれていたのだ。自分がすっかり忘れていた間も、鬼塚は時々小さかった葉山のことを思い出して、心配してくれていた。

そして偶然にも、再会できた。

それは、奇跡のようなできごとだ。

「まさか、本当に会えるとは思ってなかったよ。こんな都会でちゃんとやっていけんだろうかって心配で、つい長々と居候しちまった。しかも、昔とちっとも変わってねぇ。純粋なままで、こんな都会で一人で頑張ってるいじらしいお前にますます惚れちまった」

鬼塚が芸術家というのが意外だったが、今ならわかる。

見た目はワイルドで風呂にもなかなか入らないし、下着も言わないと平気で二、三日同じ物を穿《は》き続けるような男だが、それは表面的に見ただけだ。積極的に捜すのではなく、偶然が引き合わせてくれればいいと運命に委ねるなんて、ロマンチックなところがなければ考えない。

葉山はゆっくりと身を起こし、鬼塚の隣に並んで座った。そして、芝生の上に置いてある雑誌をパラパラとめくり、鬼塚の記事が掲載されているページを開いてじっと眺める。

「この雑誌、兄さんが持ってきたんです」

「ああ、あの時中学生だった兄貴か?」

「はい。あの工場の人が、鬼塚さんだって知ったら……きっと、びっくりします」

部活のためあまり長くはいられなかったが、忠も何度かあの工場に行って遊んだ。事務所で一緒にお菓子を食べたのを覚えている。

「兄さんのことも、覚えてますか?」

「ああ。しっかりした兄貴だったな。——さて、そろそろ帰るか。布団で寝ろ。今日はもう襲わねぇから」

鬼塚は、立ち上がって葉山に手を伸ばした。葉山も帰ろうと手を摑んで脚に力を入れるが、さすがに腰が重くて、顔をしかめる。

「う……」

「なんだ。まだ回復してねぇか」

鬼塚は、葉山のほうに背中を向けて跪《ひざまず》いてみせた。

「ほら、おぶってやる」

「え、でも……」

「いいから、ほら」

躊躇《ちゅうちょ》したが、ここは甘えたほうがいいと遠慮なくおぶってもらう。鬼塚の背中は大きくて、抱きついているだけで安心できた。ずっと抱きついていたい背中だ。

「あの……兄さんに、会ってもらえますか?」

「んー?」

「鬼塚さんの作品を、すごく褒めてました」

「まぁ、会うくらいならな〜」

歌うように答える鬼塚の声も心地よく、アパートまでの道すがら、葉山は鬼塚の大きな背中に摑まって揺られながらその体温を感じていた。


それから葉山は、さっそく忠に連絡を取った。忠は、鬼塚と会えるとわかるなりすぐに飛んでいくと言い、鬼塚がアパートにいる時間に訪ねてきた。手にした紙袋の中には、鬼塚への差し入れと、葉山が持ってきてくれるよう頼んでおいた鬼塚の作品の入った箱が入っている。

「これだろ? 大事に包んであったから、すぐにわかったよ」

「うん。あ、ありがとう」

袋を受け取って中から飛行機の玩具を出すと、懐かしさに心が躍った。廃材で作った飛行機だが、味がある。壊れてしまったラジコン飛行機と並べて、一緒に遊んだものだ。

他にも車や電車など、子供が喜びそうな鉄の玩具が入っている。

葉山は忠に座るよう言い、用意していたお茶を出した。

鬼塚は忠の前に座ってタバコを吹かしている。

「今日は時間を作っていただいて恐縮です。子供の頃にお会いしてますが、改めまして、葉山忠と申します」

忠が名刺を差し出すと、鬼塚はそれを片手で受け取りじっと眺めた。そして、ちゃぶ台の隅に置いて出てきた茶に手を伸ばす。

「あの時の方が鬼塚さんだったなんて、弟に聞いてびっくりしました。俺がいない間も随分と遊んでもらって、悟が楽しそうにしてたのを覚えてますよ。こんなにたくさんの作品を作って頂いて……」

「作品ってほどじゃねぇよ。ただのガラクタだ。子供は喜ぶけどな」

「マニアも喜びますよ。鬼塚さんのファンは、きっと初期の作品にも興味を示されると思います。悟が手放すとも思いませんけど、オークションに出せばかなりの値がつくかもしれません」

「そんなのは買い被《かぶ》りだ」

「でも、お金を出していいって人がいるのは間違いないんです。あなたが作る物にはそれだけの価値があるんですよ」

あの忠が身を乗り出すように話しているのを見ると、お世辞でないとわかる。

葉山は、自分のことのように嬉しかった。鬼塚が溶接アートを始めるきっかけとなったのが自分だというのもあるが、やはり好きな人の作ったものが評価されることを誇らしく思う。

しかし、鬼塚のほうは特に何も感じていないのか、忠が世間話でもしているかのように聞き流している。

「今日は、鬼塚さんの力を貸して頂きたくて伺ったんです」

忠は鞄《かばん》の中から企画書のようなものを出し、ちゃぶ台の上に置いてそれを差し出した。そして、この企画について一から説明を始める。葉山も一緒に聞いたが、忠の言う通り鬼塚にとっても悪い話ではなく、前向きに検討していい企画だと思えた。

自分の作品を見てもらえる場所を提供され、海外でも若手芸術家の個展を開いて何度も成功させているプロデューサーがバックアップしてくれるのだ。

これを機に注目が集まれば、鬼塚の知名度もさらに上がる。

「鬼塚さんの新作が発表されるとなると、注目度も違うと思うんです。ぜひ、この企画のためにご協力頂けませんか?」

これほどの好条件は、そうないだろう。葉山は、当然鬼塚が首を縦に振るものとばかり思っていた。断る理由などあるはずがないと……。

しかし、予想に反して鬼塚の返事はいいものではなかった。

「悪いが断る」

鬼塚は、灰皿の代わりにしている鯖《さば》の水煮缶の空き缶にタバコを押しつけた。『く』の字に折れ曲がった吸殻は、まるで鬼塚に対して出された忠の提案そのもののようだった。

無残にも折れ曲がり、捨て置かれている。

「俺は気が向かねぇと作品は作んねぇんだよ。こんなふうに、企画に合わせて作品を作ったことはねぇんだ。そんなに器用じゃないんでね」

「ですが……」

「断ると言ってるんだ」

強く言う鬼塚に、忠はある程度覚悟はしていたというように頷いた。だが、ここで引き下がるつもりもないらしく、軽く深呼吸してからもう一度説得にかかる。

「失礼ですが、鬼塚さんはプロデュースの面では、あまり積極的に自分をアピールしてこられませんでしたよね。勿体《もったい》ないと思いませんか？」

「そんなのは俺の勝手だ」

「集客のために旅館のロビーで個展を開くというのが、お気に召さないのかもしれませんが、あなたを選んだのは、あなたの作品に惹かれたからです。悟のアパートにいることも知りませんでした。これも何かの縁と思っていただくことはできませんか?」

「できねぇな」

「ですが……っ」

「何度言っても無駄だよ」

鬼塚の意志は固かった。

まさかこんな展開になるとは想像できず、葉山は二人を交互に見ながらただオロオロするだけだった。どんな逆境も自分の力で切り開いてきたような忠と、簡単に信念を曲げそうにない鬼塚。話がすぐに解決する様子はない。

忠も闇雲に頭を下げても無駄だと思ったのか、鬼塚の気持ちはわかったとばかりに軽くため息をついた。

「わかりました。もう一度出直してきます。鬼塚さんが納得できるような提案をさせていただきますので」

「何度来ても一緒だぞ」

「それでも、また伺います」

「まぁ、来るのは勝手だがな」

取りつく島もない態度だ。

立ち上がってから深く一礼して玄関に向かう忠を、葉山は追った。靴を履く忠の背中を見下ろしながら、なんて言葉をかけようか考える。

「兄さん……」

「悪いな、悟。お前の部屋まで押しかけて、じゃあな」

「あ。お、送るよ」

葉山はスニーカーを履き、忠と一緒に部屋の外へ出た。

忠でも鬼塚を前にすると緊張するのか、玄関を出たところで大きく伸びをした。そして、なかなか首を縦に振らない鬼塚にお手上げだと言わんばかりに、苦笑いする。

手強い相手を前に、先が思いやられるといった表情だ。だが、まだ諦めてはいない。

「ごめんね、兄さん」

「なんて顔してるんだ。お前のせいじゃないよ」

「でも……」

「ほら、そんな顔するなって」

忠は葉山の頭に手を置いて、髪の毛をくしゃっとした。気の弱い葉山に対し、忠はよくこうして慰めてくれた。大丈夫だ、心配するな、と言い聞かせていたのだ。

二十四にもなった今でも頭を撫でられることが好きなのは、昔からこうして忠が葉山を安心させてくれたというのが大きい。

「ここにいてくれたのは、よかったと思うよ。どういったいきさつがあったのかは知らないけど、お前のところに居候してるってことは、お前の話なら少しは聞いてくれるかもしれないってことだよな。協力してくれ」

「うん。わかった」

「この企画はどうしても成功させたいんだ。今は経営が順調だけど、旅館の将来のためにも海外からの観光客を取り込むのは、必要なんだ」

「お、俺も……旅館は、頑張って欲しいから、頼んでみる」

「ありがとう。じゃあ、またな。バイト無理するなよ」

優しく笑う忠を見て、自分も何かしたいと強く思った。大好きな兄のために、そして実家の旅館のために、自分も鬼塚を説得して役に立とうと決心する。

葉山は一緒に階段を下りて忠がもういいよと言うまでついていき、そこからさらにその姿が見えなくなるまで見送った。角を曲がる寸前、振り返って葉山に手を振りながら見せてくれたのは、昔と変わらない笑顔だ。

忠が行ってしまったのを見届けた葉山は、軽くため息をついて来た道を戻り、アパートの階段を上がっていく。鬼塚になんて言おうか考えるが、結局、何も思い浮かばない。

そっと部屋を覗くと、こちらに背を向けて足の爪を切っている。

「あの……」

「おう、兄貴は帰ったか～？」

「は、はい」

てっきり不機嫌になっているのかと思いきや、いつもの鬼塚とまったく変わらなかった。爪を落としたティッシュを丸めてゴミ箱に放り投げる。それはいったん壁に当たったあと、見事に目的の場所に落下した。

「鬼塚さん、も、もしかして……迷惑、だったんじゃ……」

「ばぁ～か。そんなに気ぃ遣うな。プッシーちゃんは俺の恋人だろうが」

恋人と言われ、頭を撫でられてまた少し嬉しくなる。こんな些細《ささい》な言葉に一喜一憂するのが、我ながら信じられなかった。

「それよりお前、兄貴とは上手くやってんのか？」

「え？」

いきなり何を言い出すのかと思うが、鬼塚はいたって真面目な顔をしている。

「あの……っ、兄さん、は……、やさ……優しい、です」

「そうか。上手くやってんならいいんだ」

どうしてそんなことを聞くのか、葉山にはわからなかった。

子供の頃、忠を連れて何度か工場に行ったことがある。あの時の二人を見れば、仲のいい兄弟だとわかるだろう。大人になるにつれ、子供の頃の関係を保てなくなることもあるだろうが、今日のやり取りを見れば、二人の間が子供の頃から変わっていないのもわかりそうなものだ。

「どうして、作品を発表するのが……嫌、なんですか？」

勇気を振り絞って聞いてみると、意外にあっさりと教えてくれる。

「言っただろうが。俺は自分がその気になった時にしか作らねぇんだよ。無理やり搾《しぼ》り出していいもんが作れるほど、器用じゃねぇんだ」

「で、でも……っ、鬼塚さんにとっても、すごく、いい話、だと……思うんです」

先ほどの話を聞いた限りでは、マイナスになることは何もない。

作品を作り、さらにそれを上手く売り込むのは大変なことだ。もし可能なら、営業的なことは他の誰かに任せて、自分は余計なことは考えずに作品作りに没頭するほうがいいだろう。

「プッシーちゃんは、本当に素直だな」

優しい目をされ、どうして急にそんなことを言い出すのか不思議に思った。すると、その答えであるかのように、鬼塚は真面目な顔をする。

「お前の兄貴は、お前が思ってるほどいい奴じゃねぇぞ」

「え……」

葉山は自分の耳を疑った。聞き違いかと思ったが、鬼塚の真剣な表情を見ているとそうでないとわかる。そしてもう一度、鬼塚は念を押すように言った。

「お前の兄貴は、お前が思ってるほどいい奴じゃない」

どうして、鬼塚はあんなことを言ったのだろう。

鬼塚の言葉がずっと頭から離れず、葉山はそのことばかりを考えていた。アルバイトの最中もそのことばかりを考えてしまい、作業の手がおろそかになってしまう。

「どうして、あんなこと……」

鬼塚が意味もなく他人を疑ったり適当なことを言ったりするとは思えないが、かと言ってその言葉を鵜呑《うの》みにする気にもなれなかった。何か誤解をしているとしか思えない。

やはり、旅館の利益のために自分の作品が利用されるという印象を持ってしまったのだろうかと思った。客寄せに使われたくはないのかもしれない。

「葉山ぁ～。バイトはそろそろ上がってくれ」

「あ、はい」

エノキ工場の掃除が終わると、葉山はいつものように事務所に挨拶《あいさつ》に行ってからロッカールームでタイムカードを押した。携帯を見ると、忠からの着信が入っている。

急いで着替え、工場をあとにするとすぐに折り返し電話を入れた。

「あ、兄さん？　俺」

『悟か？』

「うん。電話くれた？」

忠は一緒に夕飯でもどうかと言い、途中まで迎えに行くからと降りる駅を指定した。葉山のアパートから電車一本の場所で、アルバイト先からもさほど遠くない。忠なりに気を遣ったのだろう。

「じゃあ、着いたら電話するね」

電話を切ると、葉山は待ち合わせの場所に直行した。

三十分ほどで到着し、電話で話しながら合流したあとは、一緒に店に向かう。忠が予約していたのは創作料理が自慢の和食専門店で、落ち着いた雰囲気だった。

居酒屋のような気軽さはないが、高級店というほど堅苦しくはない。照明を落とした和風の造りの店内には、ジャズが流れている。

「ちゃんと働いてるみたいだな。今日はもう終わりか？」

個室に通されてすぐに熱いおしぼりを渡され、手書きのメニューを開いた。

「うん。明日は工場のあとコンビニのバイトがあるけど、今日はゆっくりできる」

「そうか。悟は働き者だな。交通整理もまだやってるんだろう？」

「時々だけど」

「今日はたくさん食べろよ。遠慮するな。にーちゃんが奢《おご》ってやるから」

普段はまったく飲まないが、やはりこういう場所に来ると葉山でも飲みたくなる。二人は生ビールを注文し、串揚げのセットや忠が勧める創作料理を注文した。

ビールが出てくると乾杯し、目の前に並んだ料理に手をつける。

「実は今日もな、お前のアパートに行ったんだ」

「そ、そうだったの。鬼塚さん、いた？」

「ああ。いたよ。でも、やっぱり駄目だった。お前がいないほうが話しやすいかもと思ったけど、あまり意味なかったな」

朝さばいたという鶏の刺身は柔らかく、柚子胡椒《ゆずこしょう》と濃厚な刺身醤油との相性は抜群だ。

「ところで鬼塚さんは、どうしてお前のところに居候してるんだ？」

「えっと……それは……あの……、行き倒れてたから、連れて帰って……」

「行き倒れって……すごい人だな。それでお前が助けたのか？」

「う、うん」

「なぁ、どうして鬼塚さんは俺の誘いを断るんだと思う？」

「うー……ん」

正直なところ、葉山にもわからなかった。鬼塚は、葉山が思っているほど忠はいい奴ではないと言ったのだ。鬼塚が依頼を受けないのは、企画の内容の問題ではなく、忠が絡んでいるかだとも考えられる。しかし、それを言う勇気はなく、結局黙り込んでしまった。

「まさか、お前が何か言ってるんじゃないよな?」

「え?」

なんのことかわからず、葉山はポカンとした。反応らしい反応ができずしばらく目を合わせていると、さらに信じられないことを口にされる。

「悟がにーちゃんに協力してくれるってのは、本気だよな? にーちゃんの邪魔なんかしないよな?」

「邪魔なんて、しないよ」

「本当だろうな。変なこと考えてないよな?」

「変なことなんて、何? そんなこと考えてない。邪魔なんて、し、しないよ。そんなこと……っ、絶対にしない」

何を疑われているのかわからなかったが、悲しくなって涙目になり、必死で訴えた。すると、忠は顔を横に振ってため息をつく。

「ごめん、上手くいかないから、ついお前に当たってしまって……。もうこの話はやめよう。本当にごめんな」

「兄さん」

忠は謝ってくれたが、葉山を疑う台詞を口にした時の目は頭から離れない。そしてふいに、鬼塚の言葉が蘇ってきた――お前の兄貴は、お前が思ってるほどいい奴じゃねぇぞ。

（そんなこと、ない……っ）

きっと忠は疲れているんだと自分を納得させ、頭の中から追いやる。

不甲斐ない弟のぶんも旅館を守《も》り立てようとしていて、疲れがたまっているのだと……。

「ああ、そうだ。鬼塚さんにもお土産持って帰れよ。ここのバッテラ旨いぞ。あと手羽先の煮込んだやつも旨いから、持って帰るといい。俺が持たせたって言ったら賄賂《わいろ》っぽいから、お前からって言っとけ」

「う、うん」

ビールは一杯だけだったが、もともとあまり強くない葉山は、顔が熱くて足元がふわふわしている。帰りはタクシーで送ってもらうことになった。

アパートの前で降ろされると、忠はいつもの優しい兄の顔をして車の中から顔を出す。

「また一緒に飲もうな。しばらくこっちのホテルにいるから、何かあったら携帯に電話くれ」

「うん。今日はご馳走様」

忠の乗ったタクシーが行ってしまうと、葉山は階段を上がって部屋の鍵を開けた。部屋に入ろうとした時、鉄骨の階段を駆け上がってくる音がして鬼塚が現れる。

「今帰りか？　お。めずらしいな。酒飲んでやがるのか？」

「えっと……」

「兄貴と一緒だったか？」

「は、はい」

思わず素直に言ってしまい、慌てた葉山はなんとか誤魔化そうと、手に持っていたお土産の袋を鬼塚に差し出した。

「お土産、兄さんから、――あ」

勢い余って正直に言ってしまい、葉山はその格好のまま硬直した。うっかりすぎるのもほどがある。忠からだと言わないようにするつもりだったのに、誰からだと聞かれもしないうちから白状してしまった。

今さらどう言い訳していいかわからず、思考がストップしたまま硬直していると、鬼塚は隠し事のできない葉山に苦笑する。

「なんだ。賄賂か？」

「そっ、そんなこと……兄さんは、しません」

「口止めされてたか？」

「あの……それは……その……」

なんて説明すればいいのかわからず慌てていると、そんな葉山の反応を見た鬼塚はククク……、と笑いを嚙み殺してから頭をくしゃっと撫でてくれた。暖かい手だ。

「せっかくだから、貰っておくよ。物で釣ってるみたいで嫌だったんだろう。まぁ、真面目っていや真面目な兄貴だよな」

袋を受け取った鬼塚は部屋に入るなり台所の棚から皿を出してきてちゃぶ台に料理を広げ、さっそくそれらに手をつける。葉山がお茶を淹れて戻ってきた時にはバッテラは半分ほどになっており、鬼塚はオリジナルのタレにつけ込んでいる手羽先にかぶりついているところだった。

「旨いぞ。お前も喰うか？」

「俺は、お店で食べました」

相変わらず鬼塚の食べっぷりは気持ちがよく、思わず鬼塚の前に正座をしたままその様子を眺めていた。決して行儀がいいとは言えないが、食べる姿が美しいと感じるのは生命力を感じるからだろうか。

「俺の喰う姿がそんなにイイか？　なんならプッシーちゃんのことも喰ってやるぞ」

「あ、いえ……っ、あの……っ」

手羽先を裸にした鬼塚が指についたタレをしゃぶりながら捕食者のような目を向けてくると、葉山は自分が食べられているような気持ちになった。

しかし、鬼塚はそれ以上仕掛けてこようとはせず、畳の上に置いてあったティッシュを手に取り、手を拭《ふ》いて食事を終わらせる。そして、まだトクトクと心臓が鳴っている葉山に射るような視線を向けてきた。

「変なこと聞くぞ」

「えっ、は、はいっ」

「お前、兄ちゃんと本当に仲良しなのか?」

「え……?」

葉山は、鬼塚を凝視したまま動けなくなった。居酒屋での様子のおかしかった忠の態度を思い出し、迷いが生じる。

「あの……、鬼塚さんは……どうして、兄さんを……嫌うんですか?」

「嫌ってるわけじゃねぇよ」

「でも、……この前も……、その……」

口籠《くちご》る葉山だったが、何を言いたいのかはわかったようだ。

「ああ、あれか。あれはまぁ、ちょっと言い方が悪かったのかもな。いい奴じゃねぇっつーより、お前が思ってるほど単純じゃねぇってことだ」

ますますわからない。

葉山は、混乱していた。今日の忠がおかしかったのは、確かだ。

(兄さんが変なことを言ったのは、俺のせいだ。俺のぶんも頑張ってるから……だから、協力、しなきゃ)

自分にそう何度も言い聞かせ、それを鬼塚にも伝えようとした。

「でも……兄さんは、……兄さんは……」

「おいおい、何涙ぐんでるんだ。可愛い泣き顔なんか曝《さら》したら、俺のキャノン砲が炸裂《さくれつ》するぞ」

「――っ」

思いきり驚いた葉山を見て、鬼塚はまたククと笑う。

「……冗談だよ。よくもまぁ、毎回毎回びくついていられるな。それもある意味才能だな」

軽いジョークすら真に受けていちいち過剰に反応する自分が恥ずかしく、葉山は黙って俯いた。けれどもそんな反応が鬼塚の心を溶かしたのか、今まで頑なだった態度が軟化する。

「そんなに俺に協力して欲しいか?」

「え……、そ、それは……もちろん」

なんとしても、この企画を成功させたかった。

実家の旅館がより多くの観光客を呼べるようになるのは、葉山にとって嬉しいことだ。

そしてそれ以上に、忠が初めて自分を頼ってきたのだ。これまでは、いつも葉山が頼るばかりだった。苛められっ子に取り囲まれた葉山を助けるのは忠の役目で、大人になっても劣等生の葉山を庇ってくれたり力を貸してくれるばかりだった。

今日は、葉山が自分の邪魔をしているのではと疑う台詞を口にしたが、自分が忠の力になれたら、二度とあんなことは言わないだろう。

「あの……っ、協力、して……っ、ください」

「俺の言うことが聞けるか？」

「言うことって」

「俺の言いつけを守れるんだったら、考えてやってもいい」

どんな条件を出されるかわからないが、忠のためになるならと葉山は何度も頷いた。条件を聞く前から返事をする葉山に鬼塚は呆れているが、葉山はそれに気づかずに急かすように言ってしまう。

「まっ、守れ、ます……っ。必ず、守るから……、協力して……ください」

「いいか、よく聞けよ」

「はい」

「兄貴を信用するな」

真面目な顔で言われ、心臓が大きく跳ねた。まさかそんなことを言われるとは思っていなかったのだ。とても冗談を言っているようには見えず、ただ鬼塚を凝視することしかできない。

「無理か？」

難しい条件だった。ずっと信頼を寄せていた相手なのに、急に変えられるはずがない。

ここで「わかりました」と言えばいいのだろうが、葉山にそんな嘘をつくスキルはなく馬鹿正直に口籠ってしまう。だが逆にその反応がよかったのか、鬼塚は表情を柔らかくする。

「まぁ、お前はガキの頃も『お兄ちゃん大好き』って感じだったからな。いきなり俺に言われても、そう受け入れらんねぇか」

「どうして、そんなことを……言うんですか？」

血の繋がった兄弟とはいえ、葉山に絶大な信頼を寄せられている忠に嫉妬《しっと》しているのかと思ったが、鬼塚がそんな器の小さいことを言うような男でないことはわかっている。

「理由を言っても、お前には理解できねぇよ。じゃあ、もう少し譲歩してやる。兄貴と二人にはなるな。二人で会わないって約束するなら、協力してやってもいいぞ」

それなら、なんとかできそうだった。二人で会わなければいいだけの話だ。自分の意志で気持ちを変えるのは難しいが、そういう状況になるのを避けることはできる。

忠のことを大好きなままでも、条件は呑める。

「はい、二人では、会いません」

「約束だぞ。わかったな」

「わかりました。あの……っ、そしたら、……そしたら……っ、あの……っ」

焦るあまりしどろもどろになっている葉山を見て、鬼塚は笑った。

「俺もそろそろアトリエに戻りてぇと思ってたところだ。新作の発表の場が決まってたわけでもねぇからな、お前の旅館のロビーを使わせてもらう」

「あ、ありがとうございます！」

嬉しさを隠しきれず、声を張り上げてしまう。

こうして、鬼塚の個展を旅館で行う企画は実現に向けて大きく動き出した。

それからは、とんとん拍子に話が進んだ。

葉山から連絡を受けた忠は早速翌日アパートにやって来て、鬼塚に今回の企画に関しての詳細を説明した。すでに着手できるところから準備は進められており、鬼塚が協力すると決まったこれからは、具体的なところを煮詰めていく段階へと入ることができる。

海外からの観光客向けのＰＲ活動などは忠がすべて窓口になるため、鬼塚は自分の作品に集中すればいい。実際に作品を展示するのは約半年後で、創作日数については問題ないとのことだった。

鬼塚は葉山の旅館に行って個展の会場となるロビーを下見したいと言い、秋の行楽シーズンに入る前に葉山も帰省しようと、三人で葉山の実家のある長野《ながの》に向かうこととなった。

アルバイトの休みを貰って調整をし、電車に乗ったのは九月に入ってすぐのことだ。

「すみません。弁当とお茶を三つずつ」

忠が売店で駅弁を買い、三人は新幹線に乗り込んだ。

押さえてある席を見つけると、葉山と忠が並び、その向かい側に鬼塚という位置で座り、早速買ったばかりの駅弁を広げた。平日だからか人はそう多くなく、乗車率も五十パーセント程度で静かだった。

「だけど、本当によかったです。鬼塚さんが引き受けてくださって。感謝してます」

噛み締めるように言う忠を見て、葉山から連絡を受けた忠が部屋に来た時のことを思い出した。鬼塚が協力すると言うなり、腰を浮かせてちゃぶ台に身を乗り出し、本当なのかと確認した。普段は冷静な忠にしてはめずらしい反応に、どれほどこの企画に力を入れているのかがわかる。

「でも、どうして急に協力してくれる気になったんです？」

忠はペットボトルの蓋を開け、それに口をつけた。葉山は、グレープ味の炭酸飲料だ。甘いが、子供の頃から好きで時々無性に飲みたくなる。

「俺も丁度作品作りに取り掛かりたいと思ってたしな。お前の弟に説得されて、気が変わった」

「ありがとうございます。鬼塚さんの力を貸して頂けるのでしたら、とても心強いです。鬼塚さんにとってもプラスになるよう、尽力させて頂きます」

「弟のおかげだ。弟に感謝するんだな」

「はい」

鬼塚は、葉山のおかげだということを何度も強調した。デキの悪い弟が、少しでも認められればと思ってのことかもしれない。

(そんなに、アピールしてくれなくても、いいのに)

どんなにデキが悪くても、葉山の両親は二人の兄弟を差別することなどなかった。欠点を指摘するのではなく、長所を見つけて褒めてくれる。自分でも長所などなかなか見つけられないのに、両親は葉山のことを素直でいい子だといつも言ってくれた。それは人としてとても大事なことだといつも口にしてくれていたため、なんでもできる忠を尊敬することはあってもねたましく思ったことはない。

それだけで十分だ。

「ありがとう、悟。お前のおかげだよ」

「俺……っ、俺、役に……立った？」

「もちろんだ」

「本当っ？　役に立った？　父さんたちも……よ、喜ぶかな？」

「え……、……ああ、もちろんだよ」

自分が役に立ったことが嬉しくて、笑顔が零れてしまう。

これまでは、大好きな兄や両親の世話になるばかりだった。だからこそ、両親や忠のために力になりたかった。フリーターなんてやっているせいで、この歳になってもロクに親孝行ができきないでいるが、そんな自分が初めて旅館のためになるようなことができたのだ。それが、心底嬉しい。

長野までは新幹線で約二時間。駅に着くと、そこからタクシーを使って葉山の旅館へ直行した。

実家に帰ってくるのは、今年の春以来のことで半年振りだ。駅の近くは随分と様変わりしたが、実家が近くなってくると子供の頃から馴染みの店などをよく目にするようになる。何年も帰っていないというわけではないが、見慣れた風景を見ると故郷に帰ってきたんだという気分になって心が安らぐ。

『花宿《はなやど》』は地元では有名な旅館で、タクシーの運転手は迷わず車を走らせ、敷地内に入ると正面玄関の前で車を停めた。

「あ。悟坊ちゃん、お帰りなさい」

「た、ただいま」

「支配人もお疲れ様です」

もう二十年くらいここで働いている仲居の木原《きはら》が、嬉しそうにやって来た。年齢は五十を過ぎており、葉山にとっては親しくしている親戚の叔母さんといった印象がある。

実際、葉山が子供の頃からずっとその成長を見てきたのだ。いつも泣きべそをかいていた頃の葉山を知っている彼女にとっては、家族同然だろう。

しかも、独身で子供がいないとなればなおさらだ。

「こちらが噂の『溶接アート』の鬼塚様ですね。お荷物をお運びします。お部屋を用意してございますから、ご案内いたします。こちらへどうぞ」

彼女は鬼塚から荷物を受け取り、軽く頭を下げて手を建物の奥のほうへ向けて促した。それに付いていき、階段を上がって奥へと向かう。

「ところで私どもも『溶接アート』というのを見せて頂きましたよぉ。私ら田舎モンにはよくわかりませんが、面白い形をしたものが沢山あって楽しゅうございました」

「『芸術』って言やそれっぽく見えるもんだ」

「あらまぁ、本人がそんなこと言っていいんですか？」

あはははは……、と明るい声が、廊下に響く。

仲居頭の木原は人懐っこく、いつもコロコロと笑う。背が低くてふくよかだが、働き者で見た目から想像できないくらいフットワークは軽い。料理を運ぶ時などは、何段も重ねた膳を抱えて音を立てずにササササッと廊下を行ったり来たりするのだ。

摺《す》り足であそこまで早く歩ける人は、そういない。

「さぁどうぞ。こちらでございます」

案内されたのは、一番景色のいい部屋だった。

部屋に入ると、木原はすぐにお茶を淹れてくれた。旅館のよさは、こういうところだ。

今は激安ツアーなんてのも多くなり、お茶を淹れたり部屋に案内したりするサービスまでカットするビジネススタイルも出てきている。その需要も伸びており、人気のツアーとなっているが、至れり尽くせりしてもらうのも旅行の醍醐味《だいごみ》と言っていいだろう。

だからこそ葉山の旅館はサービスを徹底し、あえてそういった方向には走らず、価格の低さで競わずに常に質の向上を目指している。どれだけ贅沢《ぜいたく》な気分を味わってもらうかに焦点を置いているのだ。

「やっぱり畳はいいなぁ」

鬼塚は畳に寝そべると、座布団を三枚重ねて枕にした。脚を組み、完全にくつろぎの体勢に入ってしまう。木原が淹れたお茶を並べても起きようとはせず、躰を横にして肘《ひじ》をつき、寝そべったまま湯呑みに手を伸ばした。

行儀が悪いが、こんなことができるのも旅館のいいところだ。

畳に寝そべって朝から晩までぐうたらし、気が向いたら風呂に入り、戻るとテーブルいっぱいに料理が並んでいる。食べてすぐ横になっても誰も文句は言わない。また、食後の風呂に軽く浸かって戻ってくると今度はきちんと布団が敷いてある。

日常を忘れ、存分に日頃の疲れを癒すことができるひとときを提供してくれる。

「では、何かありましたらなんなりとお申しつけください。今、社長と女将《おかみ》が参りますので」

木原が部屋を出ていくと、入れ違いに両親が入ってきた。

社長である父親はスーツ姿で、母親は和服に身を包んでいる。

「はじめまして、鬼塚様」

老舗旅館の社長と女将という立場だが、二人とも一般的にイメージするそれらとは違った。母親のほうはシャキシャキした厳しい女将ではなく、おっとりした雰囲気で喋《しゃべ》り方もゆっくりだ。もちろん客への細かな気配りは怠らず、そのサービスには定評があるが、それでもどこかのんびりとした印象がある。一つは、仲居頭の木原が頼りになるからなのかもしれない。

父親のほうも似た者夫婦で、社長として老舗旅館を動かしているとは思えないほどおっとりした印象だ。こちらは、忠という強い味方がついているおかげだろう。

「父さん、母さん。こちらが鬼塚先生だよ」

忠が紹介すると、二人は深く頭を下げる。

「ようこそお越しくださいました。この度はわたしどもにお力を貸していただくなんて大変光栄でございます。芸術家の先生にお会いするのは初めてでして……」

「『芸術家の先生』ってのはやめてくれ。堅苦しいのは苦手なんだよ」

鬼塚は、頭をボリボリと掻きながら苦笑いをして起き上がった。そして胡坐《あぐら》をかいて、だらしなく猫背で座り、湯呑みに手を伸ばす。

「では、なんとお呼びしたら」

「鬼塚でいいよ。様ってのもなしでな。この企画に乗った時点で、俺たちはパートナーだ」

「はい。では、鬼塚さんでよろしいですか？」

「ああ、それがいいな。ところでここのお茶は旨いな。女将、もう一杯頼む」

「かしこまりました」

葉山の母は、テーブルに近づいてお茶を淹れた。旅館の女将だけあり、彼女の淹れるお茶は評判がいい。部屋に飾られている花も、彼女が毎朝生けるものだ。

「それより、俺に遠慮せずに久し振りに帰ってきた息子に声をかけていいぞ」

鬼塚の言葉に、二人は申し訳なさそうに頭を下げた。そして、葉山のほうを見る。

「た、ただいま」

「悟、お帰り」

「お帰り。元気みたいでよかったわ」

鬼塚の手前遠慮していたようだが、約半年振りに帰ってきた葉山に見せる笑顔は女将や社長ではなく、まさに親の顔だった。

それから部屋で少し休んだあと、葉山は忠と二人で鬼塚を案内することにした。浴衣《ゆかた》を着た客がいる中、散歩がてらゆっくりと見せて回る。

「いい旅館だな」

改装したあとの葉山の旅館のロビーはかなり広く、ちょっとした個展くらいなら十分対応できそうだ。鬼塚は自分の作品をどう展示するか考えているのか、特にロビーを念入りに見る。

三人が歩いていると、仲居やその他の従業員がすぐに「おかえりなさい」と近寄ってきて、親しげに話しかけてくる。東京《とうきょう》からここに流れてきた若い仲居などは、友達のように葉山に接してくるが、そういったやり取りが許される雰囲気だ。

全員が家族のようなもので、だからこそ仕事のことで何かあると遠慮せずに意見交換ができる。

そして、庭を見て回っていると、定期的に庭の手入れにやってくる庭師に会った。

「お！　悟坊ちゃんじゃないですか。お久し振りです。半年振りですかね」

「あ。源五郎《げんごろう》さん」

庭師の源五郎も、葉山が子供の頃から『花宿』に出入りしている一人だ。

今は息子が仕事の半分を請け負っているが、まだまだ現役でバリバリと働いている。昔気質《かたぎ》で、葉山が子供の頃はよく遊んでもらった。

「げ、元気でしたか？」

「おう。元気だよ～。坊ちゃんこそ、都会でちゃんとやっていけてるんですかい？」

「がんばってるよ」

「東京なんて危ないところにいないで、こっちに戻ってくればいいのに。そしたら忠坊ちゃんも助かるってもんです。ねぇ」

同意を求められた忠は笑いながら頷いたが、葉山は慌てて否定する。

「お、俺が戻ったら……兄さんは余計、大変になるよ」

その言葉に源五郎は「確かにそうかもな」と言い、ガハハハハ……、と大きな声をあげて笑った。この声を聞くと、楽しくなってくる。遊んでもらった時に、いつもこんな声で笑っていたからだろう。

三十分ほど散歩がてら旅館の外を見て回ったあとは、忠と葉山の両親が鬼塚とともにこれからのことについて打ち合わせをすることになっている。

仕事の話なら席を外したほうがいいだろうと、葉山は温泉に浸かってくると言って部屋をあとにした。すると両親は部屋の外まで追いかけてきて、頼りない息子に次々と質問をぶつける。

「夜までには終わるから。それよりお腹空いてないか？　なんなら料理長にまかない作ってもらおうか？」

「新幹線の中で食べたから大丈夫だよ」

「それより東京では毎日ちゃんと食べてるの？　野菜も摂らなきゃ駄目よ。相変わらず痩《や》せっぽちで、母さんはあなたが心配で」

「た、食べてるよ。チンジャオロース、作った。それに、この前兄さんに飲みに連れていってもらった」

「そう。よかったわね」

どんなに歳を重ねても、子供は子供だ。実家に帰る度に両親は葉山にあれこれ東京での生活について聞くが、今回も自分がいかに愛されているかを実感させられる。

打ち合わせは女将が各部屋へ挨拶をしにいく三十分ほど前まで続き、話が終わるまで温泉に浸かってゆっくりしていようと思っていた葉山は、長湯しすぎて湯当たりしてしまった。


打ち合わせを終えた鬼塚は、そのあと温泉で汗を流して浴衣に着替えた。一人で食べるのもなんだと言い、葉山も鬼塚の部屋で食事を摂ることになる。

豪華な料理がテーブルに並んでいるのを見ると、贅沢な気分になった。料理長の料理は純和食のものがメインだが、中にはイタリアンや中華を取り入れた和食もあり、バラエティに富んでいる。

「ビ、ビール……」

どうぞ、と言う前にグラスを差し出され、葉山は慣れない手つきでビールを注いだ。浴衣姿の鬼塚はサマになっており、見惚れてしまいそうになった。

浴衣の合わせ部分から覗く鎖骨や胸板は、幾度となく目にした鬼塚の肉体を連想させた。一部しか見えていないが、肌を合わせたことのある葉山は容易に全体を想像できる。

野生の獣のような、美しい躰だ。

くるぶしやささくれのあるゴツゴツとした指先も、同じ男として羨ましい限りで、羨望《せんぼう》の眼差しを向けずにはいられない。

「あー、やっぱり風呂のあとのビールは旨いな。風呂も最高だったぞ」

「うちは、お風呂も改装したし、人気があるって……兄さんが」

「あとで一緒に入るか？」

ニヤリと笑う鬼塚に、思わず身構える。

「散々、入ったから……もう、いいです」

湯当たりしているのは本当だが、していなくても同じことを言っただろう。鬼塚と温泉に入ったら何をされるかわからないし、自分も何をするかわからない。

鬼塚とのセックスに溺《おぼ》れたことのある葉山は、ひとたび火がつくと思った以上に自分の理性がアテにならないことを嫌というほど思い知らされてきた。

「温泉と言やぁ、温泉エッチだろうが。家族風呂もあるし、外の景色を見ながら湯の花にまみれたプッシーちゃんを突きまくるってのもオツだな」

その場面を想像しているのだろう。鬼塚は、無精ひげの生えた顎《あご》を撫でながら舌舐《な》めずりをしてさらに続けた。

「露天風呂で前から後ろからってのは、男の憧れではあるよなぁ」

鬼塚の言う通り、浴衣を剝ぎ取られ、前から後ろから攻められているのと同じような気分になった。いたたまれなくなり、顔が段々熱くなってきて俯いたまま動けなくなる。

すると、そんな葉山の態度を見た鬼塚は、クスリと笑ってビールのグラスを葉山に差し出した。

「……冗談だよ」

「あ」

慣れない手つきで、ビールを注ぐ。

「しかし、お前は可愛がられてんなぁ」

仲居や他の従業員たちとのやり取りを見て、そう感じたのだろう。実際、葉山はみんなから可愛がられている。昔からデキない子だが、誰もそのことで責めたりしない。優秀な兄と弟を差別することなどなかった。

「いいところだな。お前の家族もここの従業員も、みんなおおらかだ」

「俺も、そう……思います」

「しかし、お前はどうしてわざわざ東京でフリーターなんかやってるんだ？　よくここを離れる気になったな」

「大学が東京だったから……。俺はこんなだから、少し外に出て自立したほうがいいって兄さんが。そのまま就職も東京に決まって、仕事は辞めたけど……こっちは兄さんがいるし、旅館で働くと……甘えて、しまうから。ずっと、おんぶにだっこは、兄さんに悪いと思って」

「そうか。お前なりに考えて生きてるんだな」

鬼塚は、カサゴのから揚げに箸《はし》を伸ばした。外はカリカリで中の身はほろっと崩れるそれは、塩加減も丁度いい。

また、貝柱の和え物はイタリアンふうに仕上げてあり、和製ラビオリは中のアワビがいい歯応えで、ほんのり効かせた柚子《ゆず》がアクセントになっている。

「ところでな、俺は作品の制作に取りかかったら、誰にも会わねぇようにしてるんだ」

「そう、なんですか?」

「ああ。倉庫に籠りっきりになるんだ。だから、しばらく会えなくなる。念のためアトリエの場所は教えておくが、来るんじゃねぇぞ」

葉山は、まるで主人の言葉を待っている飼い犬のように、素直に頷いた。

「電話も置いてねぇし、俺は携帯も持たない主義だから」

「はい」

「だからって、変な妄想はするなよ。ネガティブなことを考えるな。俺が女を連れ込んでるとか、自分に飽きて連絡してこないんじゃないかとか、マイナス思考は禁止だ」

「はい」

「兄貴と二人で会うなっていう約束も、忘れるなよ」

「はい」

「本当にわかってんのか？」

「はい」

溶接アーティストの言いつけは、守らなければならない——自分には到底想像できない芸術家の仕事を邪魔しないためにもと、葉山は素直に鬼塚の言葉を頭の中に叩き込んだ。

「お前は『はい』しか言わねぇな」

「は、はい」

簡単に頷きすぎたのがいけなかったのかと気づくが、今は本当に鬼塚の言いつけを守るつもりなのだから、他に言いようがない。

「じゃあ、俺がアトリエに籠る前に、一発熱いのをやっとくか？」

「え……っと……」

「なんでここは『はい』と言わねぇんだ。ったく、いつもボケボケしてる割には、その辺はガード固ぇな」

どう答えていいかわからず、口籠っているととんでもないことを言われる。

「夜中に、夜這いに来てもいいぞー」

「……い、行きません」

「俺がいったんアトリエに籠ったら、会えねぇんだぞ」

「う……」

会えないのは寂しいが、夜這いは無理だ。困っている葉山を見て鬼塚はクックッと笑った。その表情が魅力的で、胸が熱くなる。

それから葉山が実家にいる三日の間、せっかくだからと存分に温泉を堪能した。

しかし、鬼塚がからかったように、温泉エッチを強要されることも部屋で押し倒されることもなく、温泉に浸かっては美味しい物を食べ、散歩にいき、帰ってきたらまた温泉に浸かる毎日だった。

普段は面倒がって急かさないと風呂に入らない鬼塚が、自分から風呂桶《おけ》を持って葉山を誘うのだ。温泉の力は凄《すご》いと思う。

楽しい時間だった。鬼塚と一緒にいるだけで、幸せな気分になれると思い知った時間でもあった。

そして充実した休みを取った後、鬼塚は作品を制作するために石川《いしかわ》県にあるという自分の工房に戻ることとなり、葉山は東京でバイトに明け暮れる日常へと帰っていった。

4

葉山《はやま》が実家から戻って、二週間が過ぎようとしていた。

ゆったりとした時間を過ごしたからか、バイト三昧《ざんまい》の毎日に躰《からだ》が慣れるまでしばらく時間がかかった。もともとのんびりした葉山だ。あまりの忙しさに目が回りそうで、時間はあっという間に過ぎていく。

鬼塚《おにづか》からは、葉山がアパートに戻ってきてすぐに一度電話があったきりだ。創作活動に入ると、他のことはまったく構っていられなくなると別れ際に言われていたため、なんの連絡もないことは別段おかしいことではない。

バイトを終わらせて帰ってきた葉山は、疲れた躰を引きずるようにしてアパートの階段を上がって部屋の鍵を開けた。

「ただい……ま……」

誰もいないとわかっているのに、葉山は無人の部屋に声をかけた。鬼塚がいる時の癖が、まだ抜けない。鬼塚が居候していたのは一ヶ月半くらいだったというのに、すっかり誰かと一緒に暮らしている状況に慣れてしまったようだ。

いや、単に慣れたというより、それが心地よかったのだろう。初めは鬼塚が出ていってくれることばかりを考えていたが、不思議なものだ。

葉山は買い物袋の中から買ってきた惣菜を出してレンジで温め始めた。中でおかずが回っているのをぼんやりと眺める。

「ご飯、食べなきゃ」

今日は朝から工事現場周辺の交通整理のアルバイトで、埃《ほこり》っぽい空気に曝《さら》されて一日中立ちっぱなしだった。喉《のど》が痛いのは、吸い込んだ粉塵《ふんじん》のせいかもしれない。

おかずが温まるまで主人を待つ犬のようにじっと立っていた葉山は、朝炊いたご飯を温める時もその前でじっとしていた。昨日の残りの野菜炒めがあったことを思い出し、さらにあと二分レンジの前に佇《たたず》む。準備ができると、すべてちゃぶ台に運んでお茶を淹《い》れた。

「いただきます」

手を合わせてから、食事を始める。

今日の夕飯は中華だ。近くにあるスーパーのお惣菜コーナーで買ってきたもので、少量ずつ沢山のおかずが入ったセットになっている。ご飯が別売りになっていて安く済むため、よく利用する。シューマイや餃子などの飲茶《ヤムチャ》が一つずつ、葉山が好きな回鍋肉《ホイコーロー》やチンジャオロースも入っていた。苦手なピーマンは箸《はし》でよけるが、少しくらい食べなければとちょっとだけ摘まむ。

しかし、やはり美味しくはない。二、三度嚙《か》んだだけですぐに呑み込んでしまい、お茶で流し込んだ。

（鬼塚さん、今何してるんだろう……？）

ふと箸を止め、鬼塚のことを考えた。

一度作品の制作に入ると、生活はかなり不規則になると聞いていた。

もう食事は済ませただろうか、それとも制作に入ると食事も摂らなくなるのだろうか。そんなことを延々と考える。

子供の頃から友達が少なく、一人遊びが得意だった葉山は、東京《とうきょう》に出てきた時もすぐに一人暮らしに慣れた。実家の両親たちのことを思い出すことはあったが、そんな時はすぐに電話をして声を聞いたため、今のように寂しくなることはなかった。

喉の奥に違和感があり、何かを飲み込むと痛みが走る。ゴホッ、と咳き込み、静まり返った部屋の空気を小さく揺らした。

咳をしても一人。

学校で習った俳句を思い出し、なんて的確な表現だろうと思った。一人であることが身に染みる言葉だ。誰もいないことが、よく表現されている。

咳をしても、一人。

葉山は一人の食事を噛み締め、時間をかけて夕飯を済ませた。食べている途中も喉の違和感は収まらず、喉がむずむずしてもう一度咳をする。

「風邪、かな……」

食欲はあったがご飯が喉を通らず、ついだご飯にお湯を足してレンジで温め、お粥《かゆ》にした。

なんとか全部食べ終えると、惣菜の容器はゴミ箱に捨てて食器を洗い始める。

台所でぼんやり洗い物をしていた葉山だが、ふいに引き出しの中に入れておいた振込用紙の存在を思い出した。

「あ、そういえば……」

残高が足りず、水道とガスの代金の請求が来ていたのだ。慌てて手の泡を洗い流して引き出しの中を漁った。めずらしく一人でいることに寂しさを感じているのだ。電気やガスが止められたら、寂しい気持ちはますます大きくなってしまう。

「いつまでだっけ。……あ」

引き出しの中には、ちゃんと振込用紙はあった。ただし、ガス代と電気代はすでに振り込まれており、控えだけ残っている。お金を払った覚えはないのに……、と考えるが、すぐにわかった。

鬼塚だ。

これが送られてきてからは鬼塚以外に誰も部屋に上げていないのだから、他の誰にもこんなことはできない。

「居候代、かな」

急に鬼塚に会いたくなり、無意識にため息を漏らしてしまう。振り込みをしてくれたことへのお礼は電話をする口実にはなるが、きっと邪魔になるだろう。そう思い、「せめて声だけでも……」と訴える自分の声をぐっと抑えた。そして気分を変えようと風呂を沸かし、準備ができると、すぐに熱いお湯に浸かった。バイトが終わってすぐに帰ってきたからか、十分に温まって出てきても、時間はまだ九時少し過ぎたところだった。

明日もエノキ工場のバイトがあるため、早めに寝ようと布団に潜り込む。

しかし、風呂に入ったのがいけなかったのか、布団に入ってしばらくするとくしゃみまで出てきて、葉山はいったん布団から這《は》い出し、ティッシュの箱を取ってきて枕元に置いてまた横になった。

「へっくし！」

明かりを落とした部屋に、くしゃみをする音だけが小さく響く。

くしゃみをしても一人だ。

葉山は、これまで感じたことのなかった感覚に見舞われていた。一人であることをこんなに寂しく思ったことはない。これまでは、どちらかというと一人のほうが気楽でよかった。臆病な葉山は、他人に気を遣いすぎて気を張ってしまうため、家族以外の人間とは長いこと一緒にいるほうが苦痛だった。

久し振りに実家に帰ったのも、こんな気持ちを抱かせる理由の一つに違いない。

その時、電話が鳴った。心臓が小さく鳴り、布団の中から這い出すと電話に手を伸ばす。

「もしもし？」

『悟《さとる》か？』

「兄さん」

電話は忠《ただし》からで、鬼塚からだと思っていた葉山は落胆を隠せなかった。今まで、忠からの電話をこんな気持ちで受けたことはなく、罪の意識すら感じる。

『元気か？　今、何してる』

「何って……」

寝ようとしていたと言うと気を遣わせてしまいそうで、咄嗟《とっさ》に嘘をつく。

「ぼんやりしてた」

電話の向こうから、クスクスと笑う声が聞こえてきた。もっと違うことが浮かばなかったのかと思うが、葉山の嘘なんてこれが精一杯だ。サラリと嘘をついてみせるなんて、器用な真似はできない。

『ぼんやりしてただけなら、今から出てこないか？　打ち合わせで東京に出てきてるんだ。奢《おご》るからさ、晩飯一緒に喰おう』

葉山は、鬼塚に言われた言葉を思い出した。

『兄貴と二人にはなるな』

約束はちゃんと守らなければと思うが、すぐに言い訳が見つからない。

「えっと……その……」

『なんならアパートに迎えに行くぞ。仕事が終わって帰ってきたら、出たくなくなるもんな。タクシーで送り迎えなら楽だし』

「そんな……タクシー代、勿体《もったい》ない」

『にーちゃんが出してやるって』

「いい、よ……っ。そんなに甘えるのは、大人じゃ、ない」

『そっか？　お前がそう言うなら。じゃあ、お前がいいところで待ち合わせにしようか？　どこだったら楽に来られるんだ？　悟がいいところで……』

「——だ、駄目だよ」

葉山は、忠の言葉を遮った。

心臓がドキドキしている。こんなふうにひとが話しているのを邪魔するのは、滅多にないことだ。催促されてもすぐに言葉が出てこないような葉山にしては、めずらしい。

慣れないことをしたせいか、動悸《どうき》が治まらない。しかし、危うく飲みに行くことになるところだったのを阻止できた。

「ちょっと、風邪気味なんだ」

『そっか。そういえばちょっと声がおかしい気もするな。だったら早く言えよ。水臭いな』

「ごめん」

『じゃあ、もう寝たほうがいいな。ああ、それから一つ言わなきゃって思ってたんだけど、鬼塚さんを説得してくれてありがとうな。お前のおかげだよ』

感謝の言葉を聞かされて、嬉しくなった。本当に自分が役に立ったのだと実感できて、少しは成長したのだろうかとめずらしく自信のようなものを抱く。

だが、そんな気持ちは忠の言葉により、すぐに消し去られてしまった。

『でも、父さんたちにはあんまり言って欲しくないんだ』

「え？」

『確かにお前のおかげだけど、今回の企画は旅館の将来がかかってるんだ。そんな大事なことなのに、弟頼みの兄貴だなんて頼りないだろ。今はさ、旅館のみんなが俺を頼ってくれてるんだよ。だから、みんなのためなんだ。わかるだろう？』

その言葉に心臓が大きく跳ね、鼓動がどんどん速くなっていく。

調子に乗って、浮かれて、忠の気持ちや旅館の状況など考えなかった。忠の言う通り、旅館のためを思うなら、でしゃばらないほうがいいに決まっている。

「そ、そうだね。もう言わない。絶対に言わない、兄さんが自分で説得したって言う」

『そこまで作り話をしなくていいよ。鬼塚さんに聞けばわかるんだし。ただ、あんまりみんなの前でそういうことを主張されたくないだけだから』

「うん、わかった」

『じゃあ、お休み。また今度食事しような』

「うん、おやすみ」

受話器を置くと、葉山はため息をついた。かなり緊張していたようで、手は汗ばんでいる。

とりあえず今日は鬼塚との約束を守れそうだが、最後に言われたことが気になって色々と考えてしまうのをどうすることもできなかった。

「はぁ……」

体調不良でますます気持ちが心細くなり、何かから逃げるように布団に潜り込む。

会いたい。

葉山の心には、いつしかそんな心の呟《つぶや》きが浮かんでいた。

鬼塚に会いたい。

会えばきっと、今のような不安な気持ちもなくなるだろう。できないとわかっていても、ついそんなことを考えてしまう。

そして、また忠から電話があったらどうしようと思い、不安になってきた。鬼塚との約束だけは守らねばと思うが、嘘の下手な葉山にとっては、かなりハードルの高い要求でもあった。

(口実、いっぱい、考えとかなきゃ……)

葉山は布団を顔の半分ほど上げると、次に忠から誘いの電話がかかってきた時のためにあれこれ言い訳を考え始める。

しかし、忠は次の日もそのまた次の日も連絡してきて、葉山の考えた言い訳などすぐになくなった。


すっかり体調がよくなったのは、一週間後のことだった。

結局風邪ではなかったようで、くしゃみはすぐに収まり、熱は出ないまま喉の痛みが続いただけだった。体調がよくなると気持ちが前向きになるのか、それとも少しはこの状況に慣れたのか、不安な気持ちは和らいでいった。

鬼塚がどんな作品を作っているのか、楽しみにする心の余裕もできてきて、遠くのアトリエで仕事をしているその姿を想像したりもした。

コンビニのバイトに出てきた葉山は、着替えてすぐに仕事に入った。今日は、岡田《おかだ》と金丸《かなまる》も来ている。

「お疲れ様です」

「お疲れ～」

さっそく商品の補充に入り、在庫の整理やトイレ掃除など主に裏方の仕事をこなしていく。

一時間ほどが過ぎただろうか。倉庫で仕事をしていた葉山は、客が来たと金丸に呼ばれて店内に戻った。するとレジのところにスーツ姿の男性が立っている。

忠だった。

「あ、兄さん」

客が忠だとわかると、葉山は言葉をつまらせた。何度も食事に誘われているのに、ずっと断ってきたのだ。気まずくて、なんて言ったらいいのかわからなくなる。

「よ。元気だったか?」

「うん。ど、どうしたの?」

「買い物」

忠は、コーヒーをカウンターに置いてポケットから財布を出した。慌ててバーコードをスキャンして、代金を受け取る。

「お前が店員やってるんだからなぁ」

「ちゃ、ちゃんとやってるよ」

「そうだな。お前は東京でちゃんとやってるんだよな」

話をしていると、レジの客が葉山の兄だと気づいた店長が急いでやって来る。

「あの、もしかして……」

「えっと……あ、あ、兄、です」

「ああ、やっぱり葉山君のお兄さん！　はじめまして」

スーツを着た葉山の兄は、相変わらず背筋が伸びていてエリートといった雰囲気を持っており、バイトの二人も意外そうな顔で見ている。普段の葉山を知っているなら、当然の反応だ。同じ兄弟でも、ここまで違うと誰もが驚く。

顔も似ていないが、いつもオドオドしている葉山とは違い忠は堂々としており、どんなビジネスシーンにも似合いそうだ。

「悟がいつもお世話になってます。色々ご迷惑をかけてないか心配で」

「そんな。葉山君は真面目ですし」

「でも、子供の頃から何かと不器用で、失敗ばかりしてましたから」

忠の言葉に、店長は丸い顔をさらに丸くしてにっこりと笑った。

「でも、葉山君はみんなに好かれてますよ。すごく真面目で一生懸命だから、多少不器用でもバイトの子はフォローしたくなるみたいです」

褒められ、照れ臭くなる。何事も人一倍時間がかかるため、人一倍真剣にやろうと心がけてきたが、それが評価されているのだ。

「すみません、フォローして頂かなきゃ一人前に働けないなんて……」

「いやいや。葉山君のおかげでうちのバイトは結束も固いというか、助け合いの精神が育って、仲がいいんですよ。それに、嫌なトイレ掃除なんか率先してやるもんだから、他の子も真面目にトイレ掃除をやるようになりましたし。いい影響もあるんです」

「そう、ですか……」

「助け合いっつーか、葉山は助けられてばっかだけどな〜」

先ほどから見ていた岡田が、遠くからからかうと忠は目を細めて笑った。

「なぁ、このあと飯でも行かないか？　お礼もしたいし、バイト何時に終わるんだ？」

きっと誘われるだろうと身構えていた葉山は、予想通りの展開に戸惑わずにはいられない。もう、誘いに乗れない言い訳は使い果たしてしまった。レジをしている間に考えたが、この短い時間では何も浮かばない。

「えっと……それは……」

「実は、今回の企画の件でお前に報告もあるんだ」

「報告？」

「ああ。電話じゃなんだしと思ってな」

忠が何度も連絡してきたのは、そういう理由だったのかと、気を回しすぎた自分が恥ずかしくなった。鬼塚に会うなと言われていたことに加え、最近の言動から、何度も食事に行こうと電話をしてくる忠のことを少し疑い始めていたのだ。今回の企画のため頻繁に東京に来るようになったことを考慮しても、葉山には不自然に思えたが、心配するようなことはなさそうだと胸を撫《な》で下ろす。

　しかし、誘いに乗るわけにはいかないことに変わりはない。忠と二人では会わないと約束したのだ。なぜだかわからないが、そう約束した。

「あの……今日、は……」

「実はさ、鬼塚さんにいい話が来てるんだよ」

「え……？」

「今回世話になってるプロデューサーの知り合いが鬼塚さんの作品に目を留めてね、今はフランスにいるんだけど、向こうで個展を開いてもいいって言ってるんだ」

　鬼塚のアートが認められた。

　それは、喜ぶべきことだった。日本ではまだ認知度が低いが、もともとフランスでは知る人ぞ知る溶接アーティストだったことを考えると、何かのきっかけで一気に有名になる可能性はある。

「その件も話したかったんだけど」

「今日は……ちょうど、空いてるから、いいよ」

　とうとう鬼塚との約束を破り、忠に会う決心をした。

　知りたい。どんな話が鬼塚のところに来ているのか、全部知りたかった。海外からの観光客を呼び込むための企画だったが、思わぬところで違うアプローチをされている。

だが、よくあることなのかもしれない。音楽などでも、そういった偶然がもたらす出会いにより、世に出てくるアーティストはいる。

『二人で会うなよ』

鬼塚の声が脳裏に蘇《よみがえ》るが、今、忠と二人きりで会っても遠くにいる鬼塚にはわからない。忠の口から漏れないよう、口止めをすれば内緒にしておくことはそう難しくない。

葉山は、臆病な自分に何度もそう言い聞かせた。果たしてそんな嘘が自分につけるかどうかわからないが、それ以上に知りたいという気持ちのほうが強くて、抑えきれない。

「それじゃあ、時間は……」

待ち合わせ場所と時間を決めると、忠はいったんホテルに戻ると言って店を出ていった。

「何、お兄さんちょ～格好よかった。本当の兄弟？」

「う、うん」

「へ～、葉山にあんな格好いいお兄さんがいたなんて意外」

先ほどから見ていた金丸が言うと、岡田がやってきて彼女に喰ってかかる。

「なんだよミーハー。お前なんかチラリとも見なかったぞ～」

「何その言い方」

「葉山の兄貴狙おうと思ってんじゃねぇの～？　相手にされないからやめとけ」

「ばっかじゃないの。そんなこと思ってないわよーだ。あんた単純すぎんのよ」

いつものように、二人の言い合いが始まる。

普段の葉山なら喧嘩を仲裁しようとオロオロするところだが、今は構っている心の余裕はなかった。頭の中には、忠から聞いた話でいっぱいだった。

フランスで個展を開くとなれば、その準備もしなければならないだろう。日本にいたままなんてことは考えられない。しばらく日本を出ることになるに違いない。

そのままフランスに定住するなんてことはないのだろうか。

鬼塚が創作活動に入る時に、連絡はできないがネガティブなことは絶対考えるなと言われていたため、ここまでなんとかマイナス思考にならないよう頑張ってきた。それは、鬼塚を信頼しているからだ。表面だけ取り繕ってペラペラと都合のいいことを口にするような男でないと信じているからこそ、ここまで連絡がなくても我慢できた。

けれども、それとは話が違う。

鬼塚の意志とは関係なく、いろんなことが動き始めている気がした。才能が認められれば、取り巻く環境も変わるだろうし、鬼塚も自分の可能性を試したくなるかもしれない。

それからバイトが終わるまで、葉山は気もそぞろだった。

ようやく上がる時間になると急いで着替え、挨拶《あいさつ》もそこそこに店を出た。そして指定された駅に向かい、忠と落ち合う。

「早かったな。急いできたんじゃないのか?」

「ううん、いいんだ。俺も……ずっと、忙しくて。いつも誘いを断ってたから」

「気にするなよ。お前がバイト頑張ってるの知ってるんだ。あ、店はこの近くに予約してあるんだ。行こう」

忠に連れていかれたのは、照明を落としたダイニングバーだった。ジャズやブルースが流れ、グランドピアノも置かれている。案内されたのはボックス席で個室ではなかったが、騒がしい客はおらず、声は十分に聞こえる。

席についてグラスビールを頼み、料理も適当に見繕っていくつか注文した。早く話を聞きたい葉山にとっては、それだけでも十分じれったいもので、注文を取り終えたウエイトレスが下がると、すぐさま話を切り出した。

「あの……鬼塚さんに来てる話って……」

「ああ、そうだったな。今回の企画に参加してるプロデューサーなんだけど、フランスで将来性のあるアーティストの個展を主催してるってのは言ったよな。そんな人だから、彼の周りには芸術に興味を持っている人が集まるんだよ。たとえばスポンサーになって、その活動を支援したりね」

「それは……」

「ああ。今回声をかけてきた人も、日頃から才能のある芸術家たちをバックアップしてるらしくて。鬼塚さんの作品をすごく気に入ってね、スポンサーになってもいいって言ってるんだ」

鼓動が、次第に速くなっていく。

ある程度話を聞いていたため覚悟はしていたが、こうして忠から直接話を聞くと、それが現実なのだと思い知らされるのだ。

「フ、フランスで……活動するって、こと?」

「鬼塚さんがそうしたいなら、協力するとは言ってる。もちろん、細かいことを話し合ってお互いの条件が合えばってことになるけど。でも、あの人にとってすごくいい話だよ」

ウエイトレスが飲み物を持ってくると、いったん話を中断した。緩やかなカーブのある背の高いグラスは美しく、葉山はそれに手を伸ばした。

ひと口飲んでから考え込み、そのままじっと考え込む。

「なぁ、悟」

「え。な、何?」

どのくらいぼんやりしていただろうか。忠の声に我に返った。見ると、ビールの泡は随分と減っている。

「お前もついていったらいいのに」

「……っ」

突然のことに、頭が真っ白になった。ついていけばいいなんて、恋人か婚約者にしか言わない言葉だ。どうしてそんなことを言うのかと、頭の中は混乱している。

「お前たちのことは、知ってるんだ」

「え……、そ、それって……あの……えっと……」

葉山は動揺するあまり、ビールのグラスを倒してしまった。慌てておしぼりで拭《ふ》いていると、ウエイトレスがすぐにやってくる。

「す、すみません……」

謝る葉山に彼女はにこやかな態度で接し、テーブルを拭いて床も綺麗にしたあと、新しいおしぼりを三つ置いていった。

再び二人きりになると、葉山はどうしていいかわからずに深く俯《うつむ》いたまま硬直してしまう。

「やっぱりそうだったのか」

「あの……、えっと……」

「そんな顔するなって。責めてるんじゃないんだ」

慰めるような優しい口調で言われ、顔を上げる。てっきりそんな不毛な関係はやめろといわれるものだと思っていた葉山は、驚きを隠せない。

「俺はお前が幸せならそれでいいよ。お前が好きな人と一緒にいればいい。ただ、日本とフランスじゃ遠すぎるし、お前は考え方が後ろ向きだから、海外との遠距離恋愛なんてつらいんじゃないかと思ってな」

忠の言葉は葉山を応援するものだったが、素直にその助言を聞くことはできなかった。

（俺、なんかが……ついていって、いい……はずがない……）

フランスではどれほど同性愛者が受け入れられているのかはわからないが、自分なんかがついていっても邪魔になるだけだと思った。フランス語なんて話せない葉山は、仕事どころか買い物一つできないだろう。

ただのお荷物になるだけだ。

「にーちゃんはお前を本気で応援してるんだぞ」

自分を勇気づけようとする忠に、葉山は曖昧《あいまい》な言葉しか返せなかった。忠がなぜ、二人の仲を知ったのか、そこまで考える余裕すらない。

鬼塚の成功を喜べないことへの自己嫌悪と、世界の終わりが来たような気持ちの中で怯《おび》えているだけだった。


それから数日。葉山は、どうしても鬼塚の顔が見たくてアルバイトの休みを取った。

アトリエのある場所は鬼塚から聞いているため、わかっている。

（覗《のぞ》くだけ、だ……）

今回の件について、話を聞こうと思っていたわけではない。さすがに、そんな勇気はなかった。気づかれないように離れたところからその姿を見るだけでいい。来るなと言われていたにもかかわらず無断でアトリエに行くだけでも、葉山にしてはかなりの冒険だ。普段なら、見つかれば怒られることは絶対にしない。

「す、すみません、ここに行きたいんですけど、バス停は……」

列車を降りてすぐ駅員に聞くと親切に案内してくれたが、バスは一時間に一本も通っておらず、次のバスが来るまでは一時間二十分ほどあった。仕方なく近くの店に入り、食事を摂って待つことにする。

その間も、葉山の心は不安でいっぱいだった。

見つかった時のことを考えると、まだ間に合うからここで帰ったほうがいいと臆病な自分が訴える。アトリエに来たなんて知れたら、嫌われるという思いもあった。

作品が仕上がるまでの間待つこともできず、のこのこ訪ねてくるなんて鬱陶《うっとう》しい奴だと思われるのではと……。

鬼塚は、作品を作っている間は誰にも会わないし、誰とも話さないと言っていた。自分を信用して、ちゃんと待っているよう言われたのだ。だから、葉山も約束した。

芸術家の気持ちはわからないが、想像はつく。ああいう仕事は、きっと集中力が大事なのだろう。外部との接触を遮断し、自分の中にあるものを絞り出して形にしていく。

鬼塚がアトリエに電話を置いていないのも、そういう理由だと予想できた。アトリエを訪れることは、ある意味鬼塚への裏切りだ。信用していないのと同じになる。けれども、葉山は鬼塚の気持ちを疑っているわけではない。葉山を動かしているのは、頭で考えたものではなく、心の奥底から湧き出てくる感情だ。

（本当に、行って、いいのかな……？）

何度も帰ろうと思ったが、停留所にバスが入ってくるのを見て咄嗟《とっさ》に飛び乗った。このバスが今日の最終のバスということも、葉山の背中を押す一因だったのは言うまでもない。

ここで乗らなければ、明日までチャンスはないという思いがそうさせた。

バスで一時間。

人はほとんど乗っておらず、半分以上は運転手と葉山の二人きりという状況が続き、本当にこのまま行っていいのだろうかと思い悩むつらい時間が続いた。思いつめた顔で乗っていたのだろう。途中、バスの運転手がマイクを使って話しかけてきたが、その五分後には、話した内容どころか話しかけられたことすら忘れてしまっていた。

目的のバス停で降りた頃には、日はすっかり暮れてしまっており、辺りは真っ暗だ。ところどころ農家の明かりが見えるだけで、ネオンらしきものは一つもない。

葉山は、懐中電灯で照らしながら地図を見て、アトリエのあるほうへ歩き出した。段々畑が広がっており、その向こうには山がある。

十五分ほど歩いただろうか。段々畑の向こうに、倉庫らしき建物が見えた。農家より屋根が高く、かなり大きい。

（あ、あそこだ……）

鬼塚がいるかと思うと、その姿が見たくて知らず知らず早足になった。歩きなれない畑の間の小道を進み、倉庫に近づいていく。

中から鉄を叩《たた》くような音が聞こえ、はやる気持ちは加速した。見つからないよう足音を忍ばせて窓に近づき、そっと中を覗く。

（あ……）

鬼塚はいた。

中央に制作中のオブジェがあり、その後ろには溶接機のような物が置かれていた。鬼塚はハンマーのような物を手にし、鉄を叩いている。熱は加えずに、ひたすら同じところにそれを叩き下ろしているのだ。

声なんかかけられる雰囲気ではなかった。もちろん、声をかけるつもりで来たのではないが、そうしようと思っていても、この光景を見れば踏みとどまるだろう。

葉山でなくともだ。

鬼塚は時折額の汗を拭《ぬぐ》い、真剣な表情で一心不乱に鉄を叩いている。まるで何かに取り憑《つ》かれたようで、これがあの鬼塚なのかと目を疑った。

厳しい表情だ。

思い通りにならないのか、鬼塚はいったん手を止めると道具を放り投げ、駄目だと言わんばかりに首を横に振りながらオブジェに背を向けた。そして、近くにあった椅子を蹴り倒す。

「くそ……っ」

鬼塚は、苦悩し、もがいていた。頭を抱え、掻《か》き毟《むし》り、自分の中にあるものを形にしようと必死になっている。

それを見た葉山は、自分とは違う世界に住む人なんだと思い知らされた。

才能のある芸術家の姿。ただのフリーターが、一緒にいていいはずがない。フランスにまでついていくなんて、絶対に言えるはずがない。

ただ顔が見たくて来ただけだが、思いもよらぬ形で現実を見せられた気分になった。

きっと、鬼塚はフランスで成功する。そしたら、自分のことなど忘れる。鬼塚が薄情な人間だと思ってはいない。

だが、自分にそれほどの価値があるとはどうしても思えなかった。

（か、帰ろう……）

このままこっそり帰って、何事もなかったような顔をしていようと心に決めた。葉山の中では、作品を仕上げた鬼塚が今回の話を受け入れ、フランスに飛んで個展を成功させるまでのストーリーが出来上がっていた。さらに、そのあと向こうに定住する姿までもが浮かんでくる。

しかし、足音を忍ばせて倉庫の窓から離れた葉山は、足元に置いてあった鉄屑の山を蹴り倒してしまった。

「――っ」

ガチャン、と音とともにそれは崩れる。

「誰だ!」

厳しい声に、心臓が口から飛び出しそうなほど驚いた。

約束を破ったことがわかったら、きっと嫌われる――そんな思いに見舞われた葉山は、自分だとばれないうちにと全力で走り出した。

この先別れが待っているとしても、せめていい思い出として鬼塚の記憶に残っていたかった。約束も守れず、あんなに来るなと言われていたアトリエまでのこのこやってくる面倒な奴だったと思われたくない。

正体がばれないよう何度も祈りながら、必死で足を動かす。

「おい。どっちに行くんだ。そっちは危険だぞ」

逃げることしか頭になく、山のほうへ走っていたことにようやく気づいた。けれども、今さら引き返すわけにもいかず、なんとかして撒《ま》こうと危険を承知でその中へ入っていった。

しかし、慣れないからか草に足を取られてすぐに追いつかれてしまい、腕を摑《つか》まれてようやく立ち止まる。どうやっても逃げられないが、それでも嫌われたくないあまり、手を振り解こうと必死でもがいた。

そして、鬼塚はようやくアトリエを覗いていた男の正体に気づく。

「お前……」

「……っ」

絶望的だ。

どうして約束を破ったのだと、後悔した。なぜ、我慢できなかったんだろうと。どんな理由があろうとも、やはり約束は守るべきだった。

「どうして来た？　来るなと言っただろうが。どうして約束が守れないんだ？」

「ご、ごめんなさ……」

葉山は、蚊の鳴くような声で言った。

嫌われてしまう、愛想を尽かされてしまうと思うと目頭が熱くなってくる。男に泣かれるなんて、きっと鬱陶しいに違いない。嫌われたくないあまり必死で堪え、なんとか涙を溢れさせずにいたが、それを見た鬼塚が舌打ちする。

「――チッ」

それを聞いた途端、とうとう涙が零れてしまった。いったんそうなると、あとは堰《せき》を切ったように次々と大粒の涙が溢れて止まらない。

「ご、ごめ、な……さ……っ」

吐き捨てるように言われ、腕を強く摑まれたまままさらに森の奥へと連れて行かれる。葉山はされるがまま、歩くだけだ。

ただ、悲しかった。自分が情けなくて、消えてしまいたかった。鬼塚の記憶から自分を消せたらどんなにいいかと思う。

一分ほどで鬼塚は立ち止まったが、泣いていることも手伝って息があがっていた。

そして、いきなり地面に放り出されて両手両膝をつく。目の前に背の高い草が生えており、ガサッと音を立てた。草の匂いが鼻腔《びこう》をいっぱいにし、土の匂いもする。都会にいる時はあまり嗅がない自然の匂い。

街中では決して出会うことのない、強烈な自然だ。

「あ……っ」

立ち上がろうとしたが、いきなり後ろから伸《の》しかかられて押さえつけられた。

「……っ、あの……っ、……ぁ」

「約束一つ守れねぇか？」

耳元で怒ったような声を聞かされ、萎縮《いしゅく》してしまう。

怖かった。

約束を破ったことを責められ、とても怖かった。

「謝って済むか」

いや、もしかしたら忠と会ったこともばれてしまっているのかもしれない。

「ごめ……な、さ……」

葉山は戸惑いながら、何度もそう口にした。

何をしようとしているのかはわかったが、これまで重ねた行為とはまったく違う。乱暴にベルトを外され下着ごとズボンを脱がされる。しかし、太股の辺りまで下ろしただけで、今度はいきなり唾液《だえき》で濡らした指で蕾《つぼみ》を探られた。

「あう……っ、――っく！」

どうしてこんなことをするのか、わからなかった。

鬼塚の口からは、葉山を責める言葉しか出てこない。それほど怒っているのかと思い、どんなに大事な作業をしている最中だったのか思い知らされた。自分が考えている以上にしてはいけないことだったのだと気づき、こんなことをされるのも当然だと観念した。

鬼塚の唇が耳に押しつけられ、後ろを乱暴に指でかき回されながら、罰を受けるような気持ちで痛みに耐える。

「ぁ……っ」

「なんで来た？」

「ごめ……な……さ……」

「馬鹿が……っ」

「……ぁ……、……ごめ……ん、なさ……、許し……」

アトリエに来たことを何度も責められ、何度も謝罪の言葉を口にした。しかし、同時に獣のような吐息を耳元で聞かされて、躰《からだ》が熱くなる。

森の中は真っ暗で、自分たち以外の誰もいないと思い知らされた。あるのは二人の息遣いと、草が揺れる音だけだ。それが葉山の奥に眠るものを目覚めさせてしまう。

「ぁあ……っ」

草の濃厚な匂いに包まれていると眩暈《めまい》がしてきて、快楽は次第に大きくなっていった。それが悲しく、罰を受けながらも愉悦に溺《おぼ》れる。そして貪欲《どんよく》な獣は、ベルトのバックルをガチャガチャといわせながら作業ズボンの前をくつろげて、そそり勃《た》ったものを取り出した。まだ固い蕾にあてがわれ、ねじ込まれる。

「——っく、……あ、……ぁあっ、あ、——ぁあああ……っ」

いきなり根元まで納められ、掠《かす》れた悲鳴をあげた。躰の震えが止まらず、鬼塚を深々とくわえ込んだまま耐えていた。涙が止まらず、嗚咽《おえつ》が漏れてしまう。

鬼塚の息も上がっており、獣の唸《うな》り声のような吐息を漏らしながら自分に喰らいつく獣の息遣いを聞きながら、観念して目を閉じ、身を任せた。切なくて、つらくて、そして鬼塚を好きという気持ちが次々と溢れてくる。

「ぁあ、あ、ぁあ……っ、……はぁ」

前後に躰を揺さぶられ、葉山は尻で鬼塚を喰い締めた。悲しいのに、躰は快楽を貪《むさぼ》っており、どう理性を利かせようと足掻《あが》いても止められない。

鬼塚の荒々しい吐息からは、理性など感じられなかった。獣と化し、目の前の獲物に喰らいついて欲望の赴くままに突き上げてくる。けれども、皮肉にも身に降りかかっているそんな状況が、いっそう葉山の気持ちを自覚させることに繋《つな》がっていた。

「ぁあ、……はぁっ、……ぁあっ、あっ、……はぁ……っ！」

好きだ。

鬼塚が、好きだ。

何度もそう思い知らされながら、もっと鬼塚を味わいたくて尻を突き出した。

きっと、こういった行為も最後だ。もう二度と、鬼塚と繋がることなどない――そんな切ない思いが葉山をよりこの行為に溺れさせる。

ごめんなさい。

啜《すす》り泣きながらも快楽に溺れ、葉山は、何度もその言葉を頭の中で繰り返していた。

ごめんなさい、と……。

翌朝。

葉山が目を覚ましたのは、ベッドの上だった。アトリエの裏にある小さな家の二階で、物があまりないシンプルな部屋だ。

鬼塚は再び作品に取りかかったのか、部屋の中にはいなかった。静まり返った部屋の中でじっと天井を眺め、昨夜あったことを思い出す。

草の匂いと、獣のような鬼塚の息遣い。手を怪我してしまったようで、痛みがあった。見ると、手のひらに擦り傷ができている。無意識に摑んだ草で切ってしまったようだ。

(帰らなきゃ……)

躰は重かったが、鬼塚が帰ってくる前にとベッドを抜け出した。着衣のままの行為だったからか、ここに来た時と同じ服に身を包んでいる。後始末はしてくれたようで、下半身に鈍痛は残っていたが不快感はない。

外を歩いてもおかしくないことを鏡で確認すると、逃げるようにしてそこをあとにする。

なんとかバス停まで辿り着いた時、偶然タクシーが通ったことが幸いして鬼塚に見つかることなく駅まで出られた。運転手は長距離の客を乗せた帰りで、ここをタクシーが通るなんて滅多にないと言っていた。運良くタクシーを拾うことができたのは、顔を合わせる前に帰って来いということだろうと思うことにし、切符を買うことになんの躊躇《ちゅうちょ》も感じなかった。

しかし、アパートには戻らず実家に向かった。アルバイト先には体調が悪くて起きられないと言い、三日間の休みを貰《もら》った。こんな形で急にアルバイトを休むのは、初めてのことだ。しかし、葉山はどうしてもすぐに日常生活に戻ることができなかった。

実家に帰って、田舎でゆっくり傷を癒したかった。優しい両親や忠や、子供の頃から自分を知っている人たちに囲まれて、しばらく何も考えずに過ごせば少しは心が楽になると思ったのだ。

実家の旅館に戻ると、仲居頭の木原《きはら》がいち早く葉山の姿を見つけて近寄ってくる。さらにその声を聞きつけた両親が、事務所から出てきた。

「悟？」

「ただい……ま……」

息子の突然の帰省に驚くのを見て、先に帰ると連絡を入れておけばよかったと後悔した。これでは何かつらいことがありましたと言っているようなものだ。

だが、何事もなかったかのような笑顔を見せられ、そんな思いもすぐに消え去る。

「あら、悟。お帰りなさい。お腹空いてない？」

「うん」

「丁度よかった。料理長が新しいメニューを考案したから、試食することになってるんだ。お前、いいところに帰ってきたな。その前にお菓子でも食べるか？」

早くおいでと誘われ、葉山は荷物を持ったまま事務所の中に入っていった。

それから葉山は、実家でゆっくりとした時間を過ごした。時々、ビールケースを運んだり庭の掃除をしたりして、仲居たちの仕事を手伝った。女といえど長年仲居として働いてきた彼女たちは、葉山など比べものにならないほどてきぱきと働き、そのへっぴり腰を見て声をあげて笑う。

やはり実家に戻ってきたのはよかったようで、少しだけ気分が晴れる。

しかし一人になると、鬼塚はあの後ちゃんと作業に戻れただろうかと、そればかりが気になった。自分のせいで仕事が滞ってしまったらと思うと、なんて馬鹿なことをしたのだと後悔は後を絶たない。

自分が邪魔をしたせいで、世界で認められるような作品が生まれるチャンスが潰《つぶ》れてしまったかもしれないと思うと、行くんじゃなかったと後悔した。

それを確かめるすべもなく、一日が過ぎ、二日が過ぎ、三日目の朝になった。今夜までにアパートに帰らないと、明日のアルバイトに出られない。

忠が東京から戻ってきたのは昼過ぎのことで、東京に帰る前に実家の周りを散歩しておこうと歩いている時だった。両親から葉山の居場所を聞いて捜しに来た忠は、弟の姿を見つけて追いかけてくる。

「悟っ！」

「兄さん」

葉山は、立ち止まって忠が来るのを待った。走ってきたため、忠は微《かす》かに息を上げており、これではいつもと逆だと思う。普段はその姿を見つけて駆けつけるのは、葉山のほうだ。スマートにスーツを着こなす忠は、こんなふうに走ってきたりしない。

「急に帰ってきてどうしたんだ？」

「うん。ちょっと」

葉山の様子を見ておかしいと思ったのか、葉山が歩き出すと忠は黙ってそれに倣《なら》った。

辺りは静かで、道路脇の少し降りたところには綺麗な川が流れている。夏になるとここでは蛍が見られるため、夜になると家族連れや恋人が訪れるが、今は人気《ひとけ》はない。

「仕事、忙しいのに、ごめんね兄さん」

「何言ってるんだ。お前の実家なんだから、好きな時に帰ってきていいんだぞ」

気を利かせてくれているのがわかる。弟に何があったのかすぐに探ろうとせずに、葉山から話すのを待っているようだ。そんな優しさが身に染みて、自分から話さねばと葉山は重い口を開いた。

「鬼塚さんの、アトリエに……行ってきた。来るなって、言われてたのに……」

「そうか。それで、一緒に向こうに行くのか？」

当然のように言われ、胸が苦しくなる。それができれば、今頃こんな気持ちで歩いていない。

「行かない。フランスには、行かないよ」

「え……」

意外だったようで、忠は立ち止まって顔を硬直させている。

けれども葉山にしてみれば、当然のことだ。この話を聞いた時から、こうなることはおおかた予想していた。鬼塚にネガティブなことは考えるなと言われていたが、不幸が訪れても最小限のダメージで済むよう、いつも心の準備をしてきたのだ。やはり、どこかで心構えはしていたのだろう。

それでも、こんなに心が痛むのだから、自分の性格が後ろ向きでよかったと思った。もし、この展開を爪の先ほども予想していなければ、つらすぎて心が壊れてしまったかもしれない。

「どうしてだ、悟？　一緒に行きたいって言ったんだろう？」

黙って首を振ると、忠は何か誤解したようで心配そうに葉山の顔を覗き込んでくる。

「言い出せなかったのか？　何遠慮してるんだよ。お前、鬼塚さんの恋人なんだろう？　だったら、ちゃんと自分も一緒に行きたいって気持ちを伝えないと」

「ち、ちが……、そんなんじゃ……」

「遠慮してちゃ駄目だ。旅館のことは俺がちゃんと守るから。お前は安心してフランスに行っていいんだぞ」

葉山は口を噤《つぐ》んだ。そんな権利が、本当に自分にあるとは思えないからだ。

「なぁ、お前のためにも、フランスについていったほうがいいって。なんなら、俺から話をしてやろうか？」

「違う、んだ。俺がフランスに行っても……邪魔、だから……」

「邪魔？　どうして？　ついていきたいって言う権利くらいあるだろ？」

優しく諭されるが、葉山の気持ちは変わらない。俯《うつむ》いたまま黙りこくってしまった弟を見て、忠の表情に変化が現れる。

「どうして、一緒に行かないんだ？　恋人なのに、置いていくなんておかしいだろう」

「どう、してって……」

「恋人なんだろう！　どうして一緒に行かないんだ！」

「に、兄さん？」

「どうして！」

忠の問いつめかたは、普通ではなかった。

兄弟とはいえお互い大人だというのに、これではまるで、恋愛に夢中になる中学生の女の子だ。フラれた女の子の代わりにその親友が男性生徒を責めているのを見かけたことがあるが、そんな勢いを感じる。

「……わかったぞ。お前、もしかして、帰ってきたいんじゃないのか？」

「な、何？」

忠の言葉に心臓が小さく跳ね、葉山の中である一つの思いが生まれる——もしかしたら、帰ってきたいのかもしれない。

これまではどんなに生活が苦しくても、実家に戻ろうとは考えなかった。自立して、ちゃんとした大人になるまで一人で頑張るつもりだった。

実家にいては、いつまでも気弱で臆病で、優しい人たちに守られるだけの存在のままだ。何年東京にいてもちっとも変わらない気がするが、自分を変えたかった。

だが、本音のところでは、帰りたいと思っているのかもしれない。

アパートに戻らず、実家に来てしまったことがその証拠だ。

「そう、かも……」

ずっと実家で暮らしたいと思って帰ってきたわけではないが、せめて心の傷が癒えるまではと思っているのは確かで、葉山はそう答えた。三日間ここで過ごして、生まれ育った場所がどれほど大切なのかもよくわかった。

すると忠は、思いもよらないことを口にする。

「お前、もしかして……旅館を継ぎたいのか？」

「え……？」

急に何を言い出すのだろうと顔を上げた葉山は、自分を見る忠の険しい顔に驚かずにはいられなかった。今まで旅館のことはすべて忠に任せてきたのに、一番大変な時期を支えた忠を差し置いて、その跡を継ぐなんて考えたこともなかった。

また、自分にそんな能力があるとも思っていない。

「違うよ。だって……旅館は、兄さんが……」

「本当にそう思ってるのか？」

なぜ忠がそんな顔をするのかわからず、怖くなって口を噤んだ。それが逆にいけなかったようで、忠は怒りを露《あら》わにする。

「お前、本当は知ってるんだろ？　だから、フランスについていかないなんて言うんだ。俺がお前とあの男の関係を調べさせていたのもっ、あの男とフランスに行くよう手を回したのもっ、嗤《わら》いながら見てたんだろう。そうだろう！」

「――痛……っ」

肩を摑まれ、力を籠《こ》められた。指が喰い込むほど強く、顔をしかめずにはいられない。

しきりに問いつめられ、ただただ混乱するしかなかった。何を知っているのか、何をそんなに責められているのか、予想もつかない。

「おかしいと思ったんだ。――おかしいと思ったんだよ！」

「兄さ……、何……っ？　痛いよ」

「なんのために、俺が手を尽くしてあの男を売り込んでやったと思ってるんだっ。なんのために……っ。やっぱり、やっぱりお前は、俺を追い出すつもりなんだろう！」

「何……？」

「お前がっ、お前が本当の息子だからっ！」

「な、何言って……るんだよ、兄さん……っ、兄さんだって……っ、……っ」

「白々しいことを言うな！」

まさか……、と葉山は忠を見た。その目からは涙が溢れており、思いつめた顔をしている。こんな忠は見たことがなく、今聞かされたことがデタラメでもなんでもないことを物語っていた。

お前が本当の息子だから。

それでも葉山は、信じたくないあまり無言で首を横に振った。

そんなはずはない。忠が実の兄ではないなんて、そんなのは嘘だ。

後退り、心の中で繰り返すが、葉山の思いを否定するかのように、さらに忠は悲痛な声で訴えてくる。

「俺だけ血が繋がってないから……っ、だからっ、俺を追い出したいんだろう！」

取り乱し、まくし立てるように言う忠を見て、葉山はその言葉が嘘ではないのだと思い知らされた。

葉山の家に忠がやってきたのは、葉山がまだ生まれる前のことだった。

忠の本当の両親は葉山の父の親友で、忠がようやく物心がつく頃に三人で行ったドライブの帰りに交通事故に巻き込まれた。奇跡的に忠だけが生き残ったが、親戚は少なく、進んで忠を引き取ろうとする家族はいなかったという。

その頃、葉山の両親は不妊治療をしているところで、成果が現れずに落胆する日々を送っていたが、そんな葉山夫妻にとって、遺された親友の息子が押しつけ合うように親戚中を転々とさせられていたという事実は、放っておけないものだったのだろう。

事故から一年半後、忠はそれまでのつらい生活からようやく抜け出すことができ、愛情を注いでくれる新しい両親がいる家庭を手にすることができた。

一年半は、小さな子供にとってはとてつもなく長い時間だ。

ずっと邪魔者扱いされていた忠にとって、新しい両親は優しさに溢れていて、血の繋がった親戚以上の存在になるのに時間はかからなかったはずだ。つらい時期があったことも手伝い、本当の家族のように自分を守ってくれる両親は、かけがえのないものになっただろう。

けれども、そんな忠の幸せは思わぬ形で奪われることになる。

妊娠は難しいと言われていた二人に子供ができたというニュースは、ようやく自分の居場所を手にした忠の心に不安を与えたに違いない。つらかった日々を思い出したことだろう。

それでも忠は、本当の兄になろうと弟を可愛がった。そんな忠の姿を見ると、両親は嬉しそうに目を細めて笑うため、自分が捨てられないようにと努力した。

けれども、授業参観があった日の放課後、学校の廊下で母親たちが噂しているのを立ち聞きした時、忠の心は大きな傷を負ったのである。

「あなた引っ越してきたから知らないでしょうけど、葉山さんって、お子さん二人いるでしょ。上のお子さんね、養子なのよ」

「え、そうなの？　葉山さんって『花宿《はなやど》』の若女将《おかみ》よね？」

「そうそう。子供ができなかったから引き取ったんですって。でも皮肉よねぇ。養子を貰ったあとに子供ができるなんて。あと少し頑張ってたら本当の息子を授かったのに。旅館のことなんか放っておいて、不妊治療に専念したらよかったのよ」

「そうそう。うちの子、上の忠君と同じクラスよ。スポーツも勉強もできる優秀な子みたい。でも弟さんはおとなしいわよね。はっきりしない性格っていうか」

「えー、じゃあ養子にもらった子のほうが優秀なんじゃない。それって親としてどう感じるのかしら。邪魔になるんじゃないの？　血の繋がった息子ができたんだもん。苛めたりしないか心配よねぇ」

下世話な噂話を聞いた時、それまで忠の中に蓄積していたものが一気に吹き出たのは言うまでもない。それまでなんとか不安を堪えてきたのに、そんな忠の努力で築いた礎は、心無い大人たちによってあっという間に打ち砕かれた。

それは、まだ小学校高学年の忠にとって、あまりに残酷な出来事だった。


「俺が……っ、俺が……やっと、手にした家族なのに……っ」

忠は、すべてを葉山にぶちまけると、憎悪を滲《にじ》ませながら葉山を睨《にら》んだ。こんな目を向けられたのは初めてで、呆然《ほうぜん》と立っていることしかできない。

忠から聞かされた話は、あまりに衝撃的だった。

「兄さん……」

二人はしばらくお互いを見ていたが、忠はもう終わりだというように躰から力を抜いて膝をつき、深く項垂《うなだ》れながら両手をついた。

「俺……、に、兄さんの……居場所、取ろうなんて……、思って、な……」

「白々しいことを言うなよ。俺はずっと頑張ってきたんだ。お前に家族を取られないようにって、ずっと頑張ってきたんだ。それなのに……、お前は簡単に俺から奪おうとする」

深く俯いたまま忠はそう叫び、もう一度ゆっくりと顔を上げた。そして、地の底から湧き上がるような低い声で言う。

「お前がいなくなってくれたらって、何度思ったか」

自分の存在が、これほど忠を追いつめていたのかと思うと胸が苦しかった。その悲しみが、葉山の心に伝わって痛みすら覚える。

「ごめ……。俺、兄さんの気持ちに、き、気づか、なくて……」

葉山のか細い声は、忠を余計に苛立《いらだ》たせたのだろう。しおらしいことを言うなとばかりに、恨めしげな目を向けてくる。

「お前がいなくなってくれたらいいのに！」

「……っ」

「お前が、俺の前から消えてくれたらいいのにっ！」

葉山は、思わず後退りをした。

「行けよ。俺に少しでも悪いと思うなら、フランスに行ってくれよ」

「……兄さ」

「フランスに行け！　俺に詫《わ》びる気持ちがあるなら、今すぐフランスに行って二度と帰ってくるなっ！」

忠の姿は敵に向かって吠える犬のようで、剝《む》き出しにされた憎悪に圧倒される。激しい感情をぶつけられて、葉山はパニックに陥っていた。言葉を返す余裕もなく、ただ浴びせられるまま罵声《ばせい》を受けているだけである。

しかし、その時だった。

「――おい、いい加減にしろっ！」

葉山に手を伸ばそうとした忠の前に、人影が立ちはだかった。

突然現れたのは、鬼塚だ。

（鬼塚さん……）

アトリエにいるはずの鬼塚が、なぜここにいるのかわからなかった。

呆然としている葉山を守るように、鬼塚は二人の間に立って忠を見下ろしている。まさかこんなところで邪魔が入るとは思っていなかったのか、忠は一瞬驚いた表情を見せたが、それはまたすぐに憎悪に変わる。

「あんたは邪魔だ。俺の気持ちなんてわからないくせに、口を出すな！　俺の気持ちなんて、わからないくせに……っ」

「甘ったれるな！」

「――ぐ……っ」

鬼塚の拳が、忠の横っ面にヒットした。躰を反転させるように地面に崩れ落ち、切れた唇から滲み出た血を手の甲で拭って鬼塚を睨んだ。

それを見て、葉山は自分が何を言われたかも忘れて鬼塚を制する。

「な、何……するん、ですか……っ、やめて……ください……っ」

なんとかやめさせようとするが、力の差は歴然としていて、鬼塚は忠の胸倉を摑んで答え次第ではもう一発殴ってやるとばかりに拳を握り締める。

「だから、弟を苛めてたのか？　だからっ、苛めてたのか！」

葉山は鬼塚が何を言っているのか、わからなかった。

忠に苛められた記憶などない。気の弱い葉山をいつも苛めっ子から助けてくれ、守ってくれた。いつもいい兄だった。だから、ここまで蓄積してしまったのだ。

「俺は、工場で働いてた時から気づいてたぞ。お前ら兄弟が、普通と違うってな。いや、兄弟じゃない。あんただ。あんたはおかしかった。小さい弟を可愛がってるフリをしてたが、大人が見てないところでこいつのことを陥れようとしてただろう。わざとおいてけぼりにしたくせに、心配した顔で捜しに来たよな！」

「違う、兄さんはそんなんじゃ……」

「違うか？　本当にそう言えるのか？　よく考えろ。誤魔化すな。一度くらい本気でぶつかってみろ。本気の兄弟喧嘩くらいしてみたらどうだ？」

鬼塚に言われ、葉山は息を呑んだ。誤魔化さずにちゃんと考えろと自分に言い聞かせ、過去のことをよく思い起こしてみる。

そして、うわ言のように、もう一度呟いた。

「違う。兄さんは、そんなんじゃ……」

葉山は、最後までその言葉を言うことができなかった。

いや、違わない。

心の奥に閉じ込めていたもう一人の自分が、ようやく出てきてそう訴える。

鬼塚の言っていることは、違わない。

葉山がすぐにあり得ない妄想をして、自分がいかに不幸になっていくかを思い描いてしまうのは、何をしても不運に見舞われることが多かったからだ。タイミングが悪く、なぜここでということが何度もあった。

不自然なほどに……。

覚えている中で一番古い記憶は、お遊戯会の時のことだった。

主役に抜擢《ばってき》された幼稚園のお遊戯会の前日、忠は葉山におやつを持ってきた。変な臭いがするプリンだった。いらないと言ったが、忠がお前のために自分のお小遣いで買ってとっておいたと言われて、全部食べたのだ。

腐ったプリンを食べた葉山はお腹を壊し、主役は別の子が務めた。

また、小学生の頃に苛められるようになったのは、葉山が友達との約束を何度も破ったからだ。遊びの誘いの電話に出た忠が伝言を聞いてくれたのだが、伝えなかったり待ち合わせの場所を間違って伝えたりして、葉山はいつも友達を怒らせていた。けれども、忠はちゃんと伝えたぞと何喰わぬ顔で言い、忘れちゃ駄目だろうと諭した。

苛めっ子から守ってくれることも多かった兄の顔を見ていると、自分の勘違いだったのだと思い込むようになり、納得したのである。だが、本当に守ってくれていたのか。

高校のテストの時も、滑り止めで受けた地元の大学受験の時も、思い当たることが、いくつもある。それに気づく度に、葉山は否定してきた。信じたくなかったから、思い過ごしであって欲しかったから、自分はとてつもなく運が悪いのだと思い込もうとした。

それが、今ようやくわかった。いや、どこかで気づいていたのかもしれない。しかし、それでも必死で否定してきたのだ。けれども、もう限界だ。

「俺だって、もしかしたらって……」

葉山は震える声で言った。そして、まだ地面に尻餅をついたままの忠を振り返る。すると忠は唇から滲んだ血を手の甲で拭い、これから葉山が言おうとしていることが間違いではないというように、鋭い目をしてみせた。

そして、ゆっくりと立ち上がって葉山を見下ろす。

「いつも失敗ばかりしてたのは、兄さんが裏で俺を陥れようとしてるんじゃないかって」

「そうだよ。お前が邪魔だったからな。東京の大学を勧めたのも、自立できるよう助言したのも、俺の前から消えて欲しかったからだよ」

「なんでそんなひどいことするんだよ？　なんで……っ、そんなことするんだよ！」

「お前が嫌いだからに決まってるだろう。俺はお前が嫌いだ。邪魔なんだよ」

「俺だって、兄さんなんか嫌いだ！」

悔しくて、悲しくて、感情をそのままぶつけた。いつも結果が怖くて、思ったことを口にできなかったが、今は違う。ここで遠慮なんかしてしまえば、それこそ二度と兄弟に戻れない気がした。

慣れないことをしているせいか涙が溢れてきて、子供のように嗚咽まで漏れてくる。

「はっ、お互い嫌いだってやっとわかったな、悟。だったらもう兄弟なんか続ける意味はないよな。どうする？　全部親父たちに言って、俺を家から追い出すか？　そうしろよ！　出ていってやるからさ！」

「そんなこと、するわけないだろ」

「今さら何言ってるんだ？　こんなふうに本音を言い合って、まだ偽の家族を続けられると思ってるのか？」

「続けられるよ。だって……っ、兄さんは……偽の家族なんかじゃない。もう……ずっと昔から、一緒に暮らしてるし、父さんも、母さんも……っ」

「今さらなんだよ。血は繋がってないのに何が家族だ！」

今の忠の姿を見て、その心にどれほど深い闇があったのか初めて知った気がした。だが、それは愛されたいという気持ちの裏返しだ。

「兄さんが一人でいじけてるだけだろ」

「うるさい！　お前に何がわかる！」

突き飛ばされ、葉山もやり返そうとするが、握った拳は忠に摑まれてしまう。それでもなんとかやり返そうとして揉《も》み合いになるが、殴り合いなど一度もしたことがない葉山は、すぐに地面に倒されて馬乗りになられた。

胸倉を摑まれて、激しく揺すられる。

「ほら、親父たちに言えよ。俺がどんなひどいことをしてきたか、告げ口しろ！　出ていってやるから！　こんなところ、俺だって愛想が尽きたよ。お前の兄貴を続けるなんて、まっぴらだ。すぐに出ていってやる！　せいせいするよ！」

忠の声は、掠れていた。今まで聞いたことのない頼りない声だ。

そして、涙が頰に落ちてくる。

葉山が何も言い返さずにその言葉を聞いていたのは、喧嘩に弱いからでも忠に圧倒されたからでもない。

忠の心の中が、痛いほどわかったからだ。

「……どうして、泣いてるの？」

「！」

「どうして、泣いてるの？　兄さん」

　葉山は静かに言った。

　弟の指摘に目を見開くばかりで何も言えない忠にある確信を抱き、もう一度静かに問う。

「愛想が尽きたって言ってるのに、どうして泣いてるんだよ？」

「う、うるさい……っ」

「本当は出ていきたくなんか、ないんだよね？　強がり言ってるだけだよね？」

「うるさいっ！　うるさいっうるさいっ！」

　忠は立ち上がり、耳を塞いで叫ぶが、今やめるわけにはいかない。

　自分の話を聞けとばかりに腕を摑んで、必死に訴える。

「俺が生まれた時、どうして父さんや母さんは、兄さんを追い出さなかったんだよ？　兄さんが邪魔なら、とっくに追い出してるよ。成人してからもずっと家に置いてるのは、兄さんが優秀で旅館の役に立つから？　父さんと母さんは、そんな打算的じゃない。本当の家族になったからだよ。だから、大人になってもずっと傍にいるんじゃないか」

　その言葉に、忠はハッとなった。そして、今ようやくその事実に気づいたという顔で葉山を振り返る。

「俺だって、意地悪な兄さんは嫌いだけど、でも……っ、本当に嫌いになれない。兄さんがいなくなるなんて、嫌だよ。ずっと家族がいいよ」

「悟……」

弟の名を口にした忠からは、憎悪は消えていた。まるで、憑き物が落ちたかのようだ。

どうして、気づかなかったんだろう――忠の表情には、そんな気持ちが表れている。

「お前ら、本当によく似てんなぁ」

呆れたような鬼塚の声が、見つめ合ったまま動かなくなった二人を現実に引き戻した。

「ネガティブ思考で、いつもビクビクして、起こりもしねぇうちからこんな不幸が来るんじゃねぇかって怖がって予防線張って……。いい歳した大人が何やってんだか。お前らは、間違いなく兄弟だよ」

鬼塚はそう諭し、念を押すようにもう一度言う。

「血が繋がってなくても、お前らはれっきとした兄弟だ。俺にはそう見えるがな」

二人にとって、その言葉がどれほど救いになっただろう。血が繋がっていないという事実を変えることはできないが、そんなことなど取るに足らないことだと思わされる。

その時だった。

「忠っ、悟っ！」

母の声に振り向いた葉山の目に、両親の姿が映った。二人は、葉山たちのところまで駆けつけてくると、忠の顔を覗き込んだ。そして、いたわるようにその肩に触れながら葉山にも同じように心配そうな視線を向ける。

「鬼塚さんから忠の様子がおかしいから捜せって言われて……」

「何してたんだ？　どうして二人で泣いてるんだ？　父さんたちに言ってみろ」

まるで小さな子供に言うように声をかける二人の姿は、微笑ましくすらあった。

親にとって子供は、いくつになっても小さな子供と同じだ。旅館の経営を立て直すほど優秀な息子でも、いつまでもフリーターなんてやっている気の弱い息子でも、変わらない。

しっかりしていたため、忠は今までこんなふうに両親に心配されることがほとんどなかったが、今それがわかったようだ。

何かあった時には、子供のことを全力で守ろうとする親の顔を見せられたのがよかったのかもしれない。

「兄さんと、兄弟喧嘩してたんだ」

「兄弟喧嘩？」

二人は葉山を見て、そして今度は忠に視線をやる。

自分のことを心配そうに見る二人に己の間違いを気づかされたのか、忠はまだ涙で潤んでいる目を細めて笑うと、静かに言った。

「そう。兄弟喧嘩、してたんだ。本気で、喧嘩してたんだよ。本当の兄弟みたいに、本音を言い合ったんだ」

その言葉に、二人は自分たち家族の秘密を忠が知っていたことに気づき、絶句した。何も言えない二人を見て、忠は自分から懺悔《ざんげ》をする。

「俺は、自分だけ血が繋がってないって知ってから、悟のことを陰で苛めてたんだ。陥れたんだよ。自分の居場所を取られたくないあまりに……。東京の大学に行くよう仕向けたり、東京のほうが就職に有利だとアドバイスしたり……だから……っ、ずっとひどいことをしてきた俺が……、俺がここにいる資格がないなら……っ」

溢れる涙を堪えながらなんとか言うが、二人は忠に最後までその台詞《せりふ》を言わせなかった。

「忠……っ。ごめんね忠。母さんたちが隠していたばかりに」

抱きつき、それ以上自分を責めることは口にするなと訴える。

「だって、あなたのことは本当の子供だと思ってたから……っ」

「母さんの言う通りだ。血が繋がってるかどうかなんて、父さんたちにとってはどうでもいいことだったんだよ。それだけは信じてくれ。ここにいる資格がないなんて、言わないでくれ……っ」

「でも、俺は悟を……」

「お前が悪いんじゃない。お前が悪いんじゃないっ」

涙ながらに訴える二人に、忠はようやく安心したようだ。葉山に手を伸ばして抱き締めると、自分がしてきたことを謝り、また子供のように泣きじゃくった。

それから五人は旅館に戻り、もう一度自分たち家族のことについて話をした。

まだ小学生だった忠が、下世話で無責任な噂話に耳を傾けてしまったことが不運の始まりだ。忠の心の奥深いところに、病巣を作った。あのことがなければ、大人になっても子供のように不安を抱え続けることはなかっただろう。トラウマのようなものだ。

しかし、そんな悪夢はもう終わりだ。

「今度はお正月が過ぎてから来るね」

葉山は予定通りその日のうちに実家をあとにすることになり、旅館の前で三人に見送られた。

「躰に気をつけてね」

「父さんも母さんも忠も、みんなでお前の帰りを待ってるからな。それから鬼塚さん。本当にありがとうございました。企画のほうも、よろしくお願いします」

「ああ、任せておけ」

もう少し忠の傍にいて、もっといろいろ話をしたかったが、急に休んだぶんを入れるともう四日も休みを取っている。さすがにこれ以上はと思い、後ろ髪を引かれる思いでタクシーに乗り込んだ。けれども、忠が最後に見せてくれた笑顔が急がなくてもいいという気持ちにさせてくれた。

これまで隠していた臆病で疑心暗鬼になる自分を知られ、バツが悪そうにしながらも笑っているのだ。完璧だと思っていた忠が、実は自分と似たところがあるとわかり、今まで以上に忠を身近に感じた。

鬼塚が言った通り、本当の兄弟以上に自分たちは似ていると思う。

「あいつ、いい顔してたな」

「ほ、本当ですか？」

「ああ。素直な顔になってたよ。お前と一緒だ」

褒められ、嬉しくて顔が緩む。そして、鬼塚はそんな葉山の不意をつくようにそっと躰を寄せてきて耳元で囁いた。

「この前は、悪かったな」

「あの……」

「山ン中で無理やり抱いただろうが」

優しげな声に、心臓が小さく跳ねた。聞こえているかどうかわからないが、運転手がすぐそこにいるというのに、平気でこんな話ができるほど大胆ではない。

「あ、あれは……俺が、……邪魔、したから……」

森の中での激しい行為を思い出し、葉山は顔を赤くしながら深く俯いた。顔を見るどころの話ではない。すると、鬼塚は躰を元の位置に戻してヘッドレストに頭を預けた。

「お前は邪魔したと思ってるみてぇだが、結果的にアレがよかったんだがな」

「え？」

「作品は完成したよ」

「！」

ニヤリと笑う鬼塚に見惚れるが、運転手の存在を思い出してまたそちらに目を向けた。必要な時は声を抑えているが、普通に会話していても、こんなふうに自分が赤くなれば怪しい会話だとわかるだろう。

ますます挙動不審になる。

「俺がどうしてアトリエに来るなって言ったか、わかるか？」

「え？　あ、あの……」

葉山は、黙って首を横に振った。単に集中力を途切れさせないためだと思っていたが、こんなふうに改めて聞くということは、違うのだろう。

どうして……、と目で問うと、鬼塚は笑った。

「見られたくなかったんだよ。好きな奴には、いつも堂々とした自分を見ていてもらいてぇからな。弱い部分なんて見られたくなかった」

「弱い、部分？」

鬼塚には似つかわしくない言葉だった。弱い部分なんてありそうにないし、弱さを見た覚えもない。ただ、作品に向き合う芸術家の姿を見ただけだ。

意味がわからず鬼塚を見ていると、察したのか、説明してくれる。

「俺も常に自信満々ってわけじゃねぇんだ。思うようにいかなくて足掻いたりもがいたり、みっともなく物に当たってヒステリー起こしたり、時には人に当たり散らすこともある。そんなみっともねぇ姿は曝したくねぇだろうが。俺は格好つけたがりなんだよ。おまけに、仕事ん時はテンション上がりまくるからな。理性を保てる自信がねぇんだ。好きな奴の顔なんか見ちまったら、その場で喰っちまう」

自分に呆れたように言う鬼塚を見て、思わず素直な気持ちが零れる。

「鬼塚さんは、みっともなくはなかった、です。それに……嫌じゃなかった、です」

「そうか？」

軽く笑うように言う鬼塚は、これまで出会ったどんな男よりも頼り甲斐があり、弱さなど微《み》塵《じん》も感じなかった。

そして、何日も風呂に入らなかったり蝿《はえ》がたかるほど薄汚れた状態で帰ってきたりするのはいいのだろうかと疑問に思った。格好つけたがりなのに、服装などの外見には頓着しない。けれども、きっと鬼塚が言っているのはそういうことではないのだと思い直し、鬼塚らしいと納得した。

「悪かったな。好きな奴に自分の弱さを見られたと思って、乱暴なことまでしちまった」

好きな奴とは、自分のことだろうか——そんな質問が頭に浮かぶが、鬼塚が答えを口にせずともわかった。葉山を見る鬼塚の目は、言葉にする以上にその相手が葉山であることを物語っている。

「えっと……」

嬉しくて、そして恥ずかしくて、顔を赤くしながら再び俯いた。

「お詫びと言っちゃなんだが、今日はたっぷりイイコトを教えてやるよ」

「あ、明日……バイトが……」

「大丈夫だよ。今日はお前をもっとオトナにしてやる」

鬼塚の言葉に含まれた意味と、セクシーな声のせいで自分の躰が熱くなるのを感じる。声だけでこんなふうになるのだ。アパートに帰ったあと、鬼塚に少しでも触れられたら自分はどうなってしまうのだろうと、落ち着かなくなる。

それから二人は新幹線に乗り、二時間ほどかけて東京に戻ってきた。

アパートに着いた頃はとっぷり日も暮れていて、辺りは人気もなくなり、静まり返っている。

大人の時間だ。

「何してる？　早く開けねぇか」

いざ自分の部屋の前まで来ると、鍵を開けるのに躊躇してしまい、からかうように催促された。葉山がドアを開けるのを今か今かと待っている鬼塚は、悪い大人の顔をしている。まるで、赤い頭巾を被った女の子を見て、舌舐めずりをする狼のようだ。

言葉巧みに、誘惑する。

「ほら、たっぷり可愛がってやるから、俺を中に入れてくれ」

「あの……」

「もう限界なんだよ。早く開けねぇと、ここで襲うぞ」

「……っ」

慌てて鍵穴に鍵を差し込もうとするが、緊張のあまり鍵を落としてしまった。急いで拾おうとした瞬間、鬼塚の手が先に鍵を摑む。

「そんなに可愛い反応するな。びんびんだ」

とんでもないことを口にした鬼塚は、拾った鍵でドアを開けた。

「ぅん……っ、んっ、……んぁ、……ぅん、……ふ」

部屋の中に入った葉山は、玄関先でいきなり唇を奪われて壁に押しつけられた。容赦なく舌を差し入れて口内を嘗め回す鬼塚に身を任せ、溺れていく。

眩暈《めまい》を覚えるほど、濃厚なキスだった。腰が砕けそうで、立っているのもままならない。蕩けてしまいそうだ。いつ崩れてもおかしくない状態で、なんとか持ちこたえている。

「うん、んっ、……んぁ」

存分に口内を嬲《なぶ》られ、唇を解放された葉山は、虚ろな目で鬼塚を見上げた。その瞳に映ったのは、美しい獣だ。むんとするようなフェロモンを振り撒きながら、目の前の獲物を味わおうとする鬼塚の姿を見て、自分がどれだけこの男に惚れ込んでいるのか思い知らされた。これほど誰かを好きになったことなどない。

「どうした？」

衣服は身に着けたまま、まるで擬似セックスをするように、鬼塚は葉山の後ろの壁に手をついて膝を膝で割った。

ズボンの上から感じる鬼塚の猛りは雄々しく、まざまざと見せつけられる男の欲望に目を逸らさずにはいられない。しかし、そんな態度は鬼塚を喜ばせ、調子づかせてしまう。

百戦錬磨の男は、ありのままの自分をもっと見ろと態度で示した。

「俺のプッシーちゃんを早く喰わせろって、こいつが暴れてやがる」

「あの……っ」

お互いのものが当たるように、腰を押しつけ、回し、葉山を煽《あお》る。普段は奥の奥に隠れて息を潜めている小さな獣を叩き起こそうとしているようだ。

一度目覚めると意外にも貪欲で、野性的な葉山の獣は目を覚まし、鬼塚を求めて身をくねらせる。その思惑通りに、葉山は息をあげていった。

「はぁ……っ、……ぁ……っ、……はぁっ！」

もどかしくて、切なくて、どうにかなりそうだった。こんなふうに煽られたことなどなく、自分の浅ましい部分を次々と暴かれる。

「あ！」

硬くなった中心がビクッとなり、つま先まで痺《しび》れが走った。

「イイところに当たったか？」

「はぁっ、……あ、あの……っ、……っく」

「ここか？　ここが、イイのか？」

鬼塚は、右手を壁についたままもう片方の手を葉山の腰に回して自分のほうへと引き寄せた。

無骨な手は、尾てい骨の辺りを這《は》い回り、もっと前に突き出せとばかりに促す。

促される通り、背中は壁につけた状態で腰だけを前に突き出して刺激を求めてしまうのをどうすることもできない。

「あ、あ」

声を出すまいと唇を噛み、なんとか理性を保とうとするが、経験の少ない葉山が限界を迎えるのに時間は必要なく、羞恥に焼かれながら自分からも腰を動かして刺激を求めた。

若い獣は、こんなはしたないことをしていいのかと自問しながらも、いっそう深く溺れていく。

「そうだ、いいぞ。いやらしい踊りが踊れるようになったな」

「あっ、は……っ、ぁあ……、あっ」

「もっと、いろんな踊りを教えてやるよ」

鬼塚はそう言って葉山を抱きかかえ、靴を脱いで部屋の奥へと入っていった。その間もお互いの中心が当たって声が出そうになり、なんとか堪えようと鬼塚にしがみついて唇を嚙む。

「——ぁ……っ！」

布団まで運ばれた葉山は、押し倒された弾みで小さな声をあげた。目を開けて鬼塚を見ると、熱いまなざしに心を濡らされる。

靴を脱がせた鬼塚がそれを部屋の隅に放る仕草は野性的で、自分がこの獣の生贄《いけにえ》として今から喰われるのだと思い知らされた。

身を差し出す悦び。

それを感じずにはいられない。

「覚悟しろよ」

鬼塚は膝立ちになり、勢いよく上着とTシャツを脱いでズボンのベルトを外し始めた。服の脱ぎ方までが色っぽい獣なんて、反則だ。

そして、全裸になった野獣は葉山の服を一気に剝ぎ取ってしまう。

「……ぁ」

生まれたままの姿になった葉山を見た鬼塚は、自分のを握ってゆっくりと扱いた。まるで、こいつが欲しいだろうと誘っているように、雄々しくそそり勃ったものをまざまざと見せつけてくれる。

「尻をこっちに向けて俺に乗れ」

言いながら布団に寝そべる鬼塚を見て、躊躇せずにはいられなかった。いくら葉山でも、どんなプレイをしようと誘われているかくらいはわかる。

「……っ、……でも……」

「いいから、俺の言う通りにしろ」

葉山にとってはとてつもない羞恥を伴わずにはできない行為だったが、なぜか言う通りにしなければならない気がして、おずおずと尻を顔のほうに向けて寝そべる鬼塚に跨《また》がった。

従いたかった。

圧倒的な牡の前に、跪きたかったのかもしれない。

「いい眺めだ」

尻を撫でられ、自分がどういう角度から見られているのか考えると、耳まで赤くなる。

「好きにしていいぞ。握って、キャンディみてぇに舐めても、頬張って吸いついてもいい」

多少の躊躇はあったが、葉山は鬼塚の屹立《きつりつ》を握って舌を這わせ始めた。実際に握り、舌を這わせると、その大きさや硬さがリアルにわかる。微かに牡の匂いがして、葉山はなぜかそれに触発されるように、口いっぱいに頬張った。

「ぅん……、ん、……ぁ……ん、……ぅん」

敷きっぱなしの布団は冷たかったが、すぐに葉山たちの体温で暖められた。熱が躰の奥からどんどん湧き上がってくるようだ。

夢中になって鬼塚に奉仕しようとするが、鬼塚はそんな葉山を弄《もてあそ》ぶように、尻に歯を立てたり舌でくすぐったりする。しかしその中には、明らかに快楽の片鱗《へんりん》が存在していた。

「うん、んっ、……んぁ、……ぁ……ん……、んっ、ぁあっ、や……っ、——ぁあっ」

どんなに舌を使って鬼塚の中心を愛撫《あいぶ》しても、鬼塚が葉山のように息をあげることはなく、自分の愛撫が稚拙なものだと思い知らされた。けれども、そそり勃ったその先からは透明な甘い蜜が溢れてきている。

「あ！」

葉山の尻を撫で回していた鬼塚が、蕾に舌を這わせ始めた。思わず腰を引いて逃げようとするが、尻を両手で鷲摑《わしづか》みにされ、両側に開くように摑まれて奥に隠れた蕾を丹念に愛撫される。尻に顔を埋められているのかと思うと、恥ずかしくて耳まで熱くなった。

「んぁ、あ……、はぁ……っ」

後ろが疼《うず》き、次第に腰が蕩けてきて膝が震えた。鬼塚への愛撫はいつの間にかおろそかになり、自分の蕾を嘗め回す舌に意識を集中させる。わざと音を立てているのか、濡れた音が聞こえてきて、それは葉山の羞恥と感度をいっそう大きくした。

（あ、嘘……っ、……うそ……っ）

蕾がひくひくと収縮しているのが、自分でもわかった。まるでそれは、鬼塚に『もっとしてくれ』とねだっているようだ。

男に尻の穴を舐められて感じているなんて、自分はどうしてしまったのだと思わずにはいられない。さらに指先をほんの少し挿《い》れられ、暴かれていく。

「んぁっ」

甘い声とともに溢れたのは、本音だ。

繋がりたい。

また、して欲しい。

切実な思いに囚われ、自分の中に息づく獣に戸惑うが、鬼塚はそれすらも見抜いているようだった。いったん愛撫の手を止めて身を起こす。

「ほら、俺に顔を見せてみろ」

おずおずと後ろを振り返ると、自分の屹立を握った鬼塚が、舌舐めずりをしながら葉山を見ていた。それはまさに、捕食者がご馳走を前にした時のものと同じだ。空腹の獣は、葉山の躰に牙を立てたがっている。

「いいぞ。女なんか比べもんになんねぇくらい、いい」

「――ぁ……っ！」

その言い方が、とんでもなくセクシーだった。嗄《しゃが》れ声も、葉山の欲情を煽るスパイスになっている。葉山は滴る色香に酔い痴れ、溺れるしかなかった。

「なかなか上手だったぞ」

ゆっくりと躰を横にされ、そして、再び向き合った格好で組み敷かれる。

「一気に突っ込んでいいか？」

「……っ」

「力抜いとけよ」

「――っ！　ひ……っく、……っく、んぁ、あ、……ぁぁあああっ！」

いきなり後ろにねじ込まれて無意識のうちに逃げようとしたが、押さえ込まれ、最奥まで深々と収められる。

信じられないほど熱くて、そして壊れそうで、涙が溢れた。

「可愛いなぁ」

すぐ近くから葉山の顔を眺める鬼塚の口から、ぽつりとそんな言葉が漏れる。

美しい野生の獣のような鬼塚に比べ、自分など貧相で地味なだけのなんの特長もない男だと思うが、葉山の心の中を察したような言葉を耳元で囁かれた。

「本当だよ。監禁して、一日中突っ込んでいられたらいいんだがな」

「ひ……っく、……んぁ！　……っく、ぁあっ」

膝を肩に担がれ、やんわりと奥を突かれる。嵩《かさ》のあるそれは、いっそう硬くなっているようで、葉山は身悶《みもだ》えながら震える躰で鬼塚の欲望を受け止めた。

もっと、もっと突いて欲しい。

知らず知らずそんなはしたない言葉が口から零れそうになり、かろうじて堪えたが、鬼塚にはなんでもお見通しのようだ。躰が、白状している。

「あそこがきゅんきゅん言ってるぞ」

「……ぁ、……ぁあっ、……あっ、あ、あっ！」

「もっと、すごいことをしてやる」

繋がったまま身を起こした鬼塚は、葉山の膝の下に腕を差し込み、そのまま抱えて立ち上がった。その瞬間、さらに奥深く挿入され、悲鳴にも似た喘《あえ》ぎ声が漏れる。

逃げたいが、自分を責め苛《さいな》む相手にしがみついていることしかできない。

「どうだ？　こういう格好でもできるんだぞ」

葉山は鬼塚に抱きついたまま、無意識のうちに頭を振っていた。

やめて欲しいのか、それとももっと突き上げて欲しいのか、自分でもよくわからない。だが、躰は確実に鬼塚を深く咥《くわ》え込むことを覚えていく。

「小せぇ尻で、俺を必死で咥え込むところが、そそるんだよ」

鬼塚はそう言って壁に手をつき、葉山を抱えたまま下から情熱的に突き上げ始めた。

もう、軽口は叩かない。

荒っぽい吐息を漏らしながら、お互いの気持ちを確かめ合うように、葉山に時折キスをして何度も下から突き上げてくる。

そんな鬼塚の愛し方に溺れきってしまうまで、時間は必要なかった。

「ん……っく、ぅ……っく、んぁ……、はぁ……っ、ぁあっ」

限界が来ると、葉山は鬼塚の首にしがみつくことでそれを訴えた。

もう、イキたい。そして、鬼塚の迸《ほとばし》りを腹の中で受け止めたい。

言葉にせずとも訴えがわかったのか、鬼塚はいっそう激しく突き上げ、葉山を絶頂へと促す。

唯一縋《すが》れる相手は自分を責め苛む鬼塚だけで、葉山はぎゅっと腕に力を籠めながら高みを目指し、自分を解放する。

「ああ……っ、やっ、——ぁぁあああっ！」

一瞬、頭の中が真っ白になり、気を失いそうになった。同時に、鬼塚の口からくぐもった唸り声のような吐息が漏れたのが聞こえ、屹立が激しく痙攣《けいれん》したのがわかる。

「――ぁ、……はぁ……、……はぁ」

白濁を放った葉山は、力尽きてしまった。ずり落ちなかったのは、鬼塚がしっかり抱えてくれているからだ。

鬼塚は、へとへとになっている葉山に苦笑し、少し掠れた声でこう聞いてきた。

「どうだ？　よかったか？」

声は聞き取れたが、放心状態の葉山はその問いには答えられず、手をだらりとさせたまま動かなかった。鬼塚が苦笑するのが聞こえ、ゆっくりと布団の上に寝かされる。

そして、肘をついて寝そべった鬼塚に優しい視線を注がれた。

「俺はよかったぞ」

染み渡るような声に目を閉じ、頭を少しだけ鬼塚のほうに傾ける。添い寝をする鬼塚の体温が心地よく、葉山はこの上なく幸せだった。

熱い交わりの余韻が躰に残る中、葉山は何かの気配に気づいて目を覚ました。

くたくたに疲れた葉山はそのまま眠っていたようで、鬼塚は先ほどと同じ格好をしたままタバコを吹かしている。

　葉山が目を覚ましたのに気づいた鬼塚は、ずっと使っている鯖缶の灰皿でタバコを揉み消した。

「大丈夫か？」

「……はい」

　そう言ったわりにはまだ声が疲れきっており、鬼塚はククク……、と喉の奥で笑う。

　少しの間、二人は無言でお互いの存在を感じていたが、葉山はあることを思い出して鬼塚に質問を投げかけた。

「あの……フランス、行くんですか？」

　普段なら勇気を振り絞らないと聞けないが、疲れが、葉山に色々考える暇を与えなかったのかもしれない。

「フランスでの活動を、サポート、してくれるって人が……」

「あ？」

　突然何を言い出すのかという顔で言われ、葉山は鬼塚を見つめ返した。

「だって、兄さんが……」

「ああ、あの話か。行くわけねーだろうが」

「え、でも……」

「なんか色々話が出てるみてぇだがな、俺は日本でしか活動しねぇよ。短期的に向こうで個展を開く程度ならいいが、あんな国で俺が生活できるわけねーだろうが」

葉山は、驚きのあまり言葉がでなかった。ネガティブになるなと言われていたのに、てっきり向こうで活動すると思い込んでしまっていたのだ。

「俺がおフランスの生活なんてできると思ってんのか？　ちょっと考えりゃわかるだろうが」

確かに、シャンゼリゼ通りを歩く鬼塚は想像できない。それより、居酒屋で酒をかっ喰らっているほうが似合う。

「俺の言いつけを守らねぇで、またマイナスの妄想ばかりしやがったな」

鼻をぎゅっと摘まれ、葉山は顔をしかめた。さらに、よくよく言い聞かせようとしているかのように、左右に振る。

「い、痛い」

「お前はそういうところが駄目なんだよ。まったく」

「す、すびばせん。……すびばせん、痛い、です」

手を離されたが、まだジンジンしている。

「か、変わらなきゃって……思ってるんです。わかってるんだけど……」

涙目で鼻を擦りながら進歩のない自分を反省していると、鬼塚の口から意外な言葉を聞かされる。

「まぁ、そういうところも含めてお前だよ」

「え……」

「俺がついてやる。だからもう、無理して変わるこたぁねーんだよ。お前にはお前のいいところがあるだろうが。そこを大事にしろ」

まさか、そんなことを言われるとは思っていなかった。欠点は直すべきものだと思い込んでいたのだ。けれども、説教をしたくせに直さないでいいなんて言う。

「俺にいいところ……なんて、あるんでしょうか?」

考えるが、思いつかない。

不器用で要領が悪く、いつも失敗ばかりする上にマイナス思考でウジウジしている。段々落ち込んでくるが、それを見た鬼塚は笑った。

「お前がなんで周りに受け入れられてるか知ってるか? バイト先の奴とだって、ちゃんとやっていけてるだろうが。それはな、お前が一生懸命だからだよ」

「一生懸命、だから……ですか」

「ああ、そうだ。できなくても一生懸命やろうとする純粋なところが、周りが認めてくれるんだ。それに、純粋だからこそ兄貴の策略にはまってそんな性格になったんだろうしな。お前がネガティブ思考で臆病だったから、再会できたようなもんだ。俺がゴミの山に埋もれてた時、俺の脅しが怖かったから拾ったんだろうが」

確かにそうだ。

確かに、あの時妙な妄想をせずに逃げてしまっていたら、今こうしていなかっただろう。そう考えると、自分のこの性格も時には役に立つんだと思えてくる。

「お前が一生懸命に頑張ってる姿は、いじらしくて好きだぞ。チンコがびんびんに勃っちまう」

チンコ云々と言ってみせるところはさすが鬼塚だが、葉山は嬉しかった。駄目だ駄目だと思っている自分を、こんなに評価してくれている人がいると思うと、また頑張ろうと思えてくる。

ほんの少しだけ、前向きになれるのだ。

心強い言葉をかけられ、葉山は自分もきちんと気持ちを言葉にして伝えようと、考えを巡らせた。そして、思いきって言う。

「そ、そうですね。鬼塚さんが、いれば……、だ、大丈夫、かも……」

それは、葉山にとって清水《きよみず》の舞台から飛び降りるような覚悟なしには言えない言葉だった。

あとがき

前回、徳間さんから出して頂いた文庫のあとがきで熱くおっさんに対する想いを訴えましたが、あの時書いた『蝿《はえ》のたかるおっさん』がとうとう実現しました！

まさかこんなに早く書くことができるなんて、夢のようです。これも、私の書く小汚いおっさんの話にお金を払ってやろうという心優しい読者さんがいるおかげでございます。

こんにちは。おっさん大好き中原一也《なかはらかずや》です。

おっさんら――――――ぶ。

今回は、いつにもましてニヤニヤしながら書いてました。蝿がたかる鬼塚《おにづか》を書いている時は、どきどきわくわく。血沸き肉踊る瞬間だったことは言うまでもございません。五歳くらい若返った気分でした。お肌もきっとつやつやだったと思います。

次はもう、風呂上がりにこっそり水虫の薬を塗るオヤジの背中を受が見てしまうシーンを書きたいと思います！

もちろん受はクールな突っ込みを入れる男前タイプ。おっさんは風呂上がりにこっそり水虫薬を塗っているのですが、そこへ受登場。その気配に気づいたおっさんは振り返って固まるのです。「お前、水虫か？」と言われて硬直したまま顔を赤くするおっさん。長年、受に想いを寄せているおっさんならなおさらイイです。

大好きな受に水虫薬を塗っているところを見られて恥ずかしがっているおっさんなんて、おいしすぎてテンション上がります。

おっさん！　かわいいおっさん！　水虫持ちオヤジばんざ〜い。

や、さすがに水虫は無理か。（プチ冷静）

それでは最後になりますが、挿絵を担当してくださった乃一《のいち》ミクロ先生。素敵なイラストをありがとうございました。ラフの段階で鬼塚に蠅がたかっていたのがとても嬉しかったです。

そして担当様。いつもご指導ありがとうございます。おっさん好きの変態ですが、どうかこれからも宜しくお願いします。

そして最後に読者様。私の作品を手に取って頂きありがとうございます。私がこうして、おっさんを書いていられるのは、皆様のおかげです。小汚くもワイルドで魅力的なオヤジが書けるよう精進しますので、小汚いオヤジだろうが蠅がたかろうが水虫持ちだろうが、どうか応援してやってください。

それでは、またどこかでお会いいたしましょう。

中原　一也

この本を読んでのご意見、ご感想を編集部までお寄せください。

《あて先》〒105－8055　東京都港区芝大門2－2－1　徳間書店　キャラ編集部気付
「居候には逆らえない」係

■初出一覧

居候には逆らえない……書き下ろし

Chara

居候には逆らえない……【キャラ文庫】

2011年2月28日　初刷

著者　中原一也

発行者　川田 修

発行所　株式会社徳間書店

〒105-8055　東京都港区芝大門2-2-1

電話048-451-5960(販売部)

03-5403-4348(編集部)

振替00140-0-44392

印刷・製本　図書印刷株式会社

カバー・口絵　近代美術株式会社

デザイン　chiaki-k

ISBN978-4-19-900607-4

好評発売中

中原一也の本
【仁義なき課外授業】
イラスト◆新藤まゆり

新しい教え子は正真正銘の現役ヤクザ!? 無職からようやく定時制高校の臨時講師になった若名《わかな》。ところが任されたのは高卒の資格を目指すヤクザ達の特別クラスだった!! 授業中に飲酒に麻雀《マージャン》、怒号が飛び交う教室は学級崩壊状態。中で厄介なのが若頭の花井《はない》だ。無精髭に咥え煙草、牡のフェロモンを纏う男は「センセーに男のよさを教えてやる」とセクハラ!! 野獣の視線で若名を狙ってきて!?

投稿小説★大募集

『楽しい』『感動的な』『心に残る』『新しい』小説——

みなさんが本当に読みたいと思っているのは、どんな物語ですか？　みずみずしい感覚の小説をお待ちしています！

•応募きまり•

[応募資格]

商業誌に未発表のオリジナル作品であれば、制限はありません。他社でデビューしている方でもOKです。

[枚数／書式]

20字×20行で50～100枚程度。手書きは不可です。原稿は全て縦書きにして下さい。また、800字前後の粗筋紹介をつけて下さい。

[注意]

①原稿はクリップなどで右上を綴じ、各ページに通し番号を入れて下さい。また、次の事柄を１枚目に明記して下さい。
（作品タイトル、総枚数、投稿日、ペンネーム、本名、住所、電話番号、職業・学校名、年齢、投稿・受賞歴）
②原稿は返却しませんので、必要な方はコピーをとって下さい。
③締め切りは特別に定めません。採用の方にのみ、原稿到着から３ヶ月以内に編集部から連絡させていただきます。また、有望な方には編集部からの講評をお送りします。
④選考についての電話でのお問い合わせは受け付けできませんので、ご遠慮下さい。
⑤ご記入いただいた個人情報は、当企画の目的以外での利用はいたしません。

[あて先]　〒105-8055 東京都港区芝大門2-2-1
徳間書店 Chara編集部 投稿小説係

投稿イラスト★大募集

キャラ文庫を読んで、イメージが浮かんだシーンをイラストにしてお送り下さい。キャラ文庫、『Chara』『Chara Selection』『小説Chara』などで活躍してみませんか？

•応募きまり•

[応募資格]

応募資格はいっさい問いません。マンガ家＆イラストレーターとしてデビューしている方でもOKです。

[枚数／内容]

①イラストの対象となる小説は『キャラ文庫』か『Chara、Chara Selection、小説Charaにこれまで掲載された小説』に限ります。
②カラーイラスト１点、モノクロイラスト３点の合計４点。カラーは作品全体のイメージを。モノクロは背景やキャラクターの動きの分かるシーンを選ぶこと（裏にそのシーンのページ数を明記）。
③用紙サイズはA４以内。使用画材は自由。

[注意]

①カラーイラストの裏に、次の内容を明記して下さい。
（小説タイトル、投稿日、ペンネーム、本名、住所、電話番号、職業・学校名、年齢、投稿・受賞歴、返却の要・不要）
②原稿返却希望の方は、切手を貼った返却用封筒を同封して下さい。封筒のない原稿は編集部で処分します。返却は応募から１ヶ月前後。
③締め切りは特別に定めません。採用の方にのみ、編集部から連絡させていただきます。また、有望な方には編集部から講評をお送りします。選考結果の電話でのお問い合わせはご遠慮下さい。
④ご記入いただいた個人情報は、当企画の目的以外での利用はいたしません。

[あて先]

〒105-8055 東京都港区芝大門2-2-1
徳間書店 Chara編集部 投稿イラスト係